Jürgen Alberts

DIE FALLE

Ein Bremer Kriminalroman

Dieses Buch ist bei der Deutschen Nationalbibliothek registriert. Die bibliografischen Daten können online angesehen werden:
http://dnb.d-nb.de

IMPRESSUM

© 2024 Klaus Kellner Verlag, Bremen
Inhaber: Manuel Dotzauer e. K.

St.-Pauli-Deich 3 • 28199 Bremen
Tel. 04 21 77 8 66
info@kellnerverlag.de
www.kellnerverlag.de

Lektorat und Layout: KellnerVerlag
Umschlag: Jennifer Chowanietz
Gesamtherstellung: Der DruckKellner, Bremen

ISBN 978-3-95651-443-2

JÜRGEN ALBERTS, geboren 1946 in Kirchen/Sieg. Studium in Tübingen und Bremen, promovierte mit einer Arbeit über die BILD-Zeitung. Seit 1969 veröffentlicht er Prosa und war als freier Mitarbeiter bei Rundfunk und Fernsehen tätig. 1971 erhielt er das Stipendium der Villa Massimo. Er verfasste eine zehnbändige Romanserie, die in seiner Heimatstadt Bremen spielt und im Heyne-Verlag erschien. Sie wird nun im KellnerVerlag neu aufgelegt.

Außerdem verfasste Jürgen Alberts historische Romane, darunter *Landru,* die Geschichte eines französischen Massenmörders aus den 20er-Jahren, wofür er 1988 den SYNDIKATSPREIS für den besten deutschsprachigen Krimi erhielt.

LASSEN SIE SICH DEN AUFTAKT DER
JÜRGEN-ALBERTS-KRIMI-REIHE NICHT ENTGEHEN

Lindow las die Aufschrift auf dem Sockel des Reiterstandbildes: »Heute beginnt der Rest des Lebens.« Die grüne Farbe war noch frisch.
Wir sind doch nichts weiter als Hilfssheriffs, dachte er. Wenn die Staatsanwaltschaft übernimmt, hat die das Sagen. Bei einer Weihnachtsfeier hatte Lindow sich diesen Gedanken mal erlaubt. »Ich trinke auf alle Hilfssheriffs des ersten Kommissariats! Immer wenn's ernst wird, müssen wir den Fall abgeben. Prost, Kollegen, lasst euch dadurch nicht stören.«

Jürgen Alberts
DAS KAMERADENSCHWEIN

12,5 x 20 cm | 208 Seiten
14,90 Euro | ISBN 978-3-95651-359-6
In jeder Buchhandlung und auf www.kellnerverlag.de

1

Klaus Grünenberg schrieb an einem Bestseller. Das hoffte er. Nein, das war gewiss. Hohe Auflagen, hohes Ansehen. Und dann der lang ersehnte Absprung. Endlich das schreiben können, was er wollte. Nur ging die Arbeit nicht so schnell voran wie gehofft.

Immerhin war er seit drei Jahren Lokalchef der *Weser-Nachrichten* und hatte genügend zu tun. So sehr ihn dieser Job auch langweilte. Bei seinem wöchentlichen Zug durch die Kneipen, den er traditionell mit seinem Vorgänger Bollmann veranstaltete, wurde sein Lamento immer länger. Er war Chef und hatte trotzdem nur wenig zu sagen. Es regierte der Verlagsleiter. Nach dem Tod des Verlegers änderte sich da wenig.

Wie jeden Abend gegen zehn Uhr saß Grünenberg an seiner Schreibmaschine und tippte wie ein Berserker. Obwohl er tagsüber an einem Computer schrieb, benutzte er zu Hause immer noch seine mechanische Schreibmaschine, deren Typenhebel sich immer häufiger verhedderten. Dementsprechend sah sein Manuskript aus.

Wie mache ich auf mich aufmerksam, so sollte der Bestseller heißen. In den letzten Jahren war der Buchmarkt überschwemmt worden mit Ratgebern, Lebenshelfern, Überlebensbüchern, mit Kompendien zur Vater-Mutter-Kindschaft, mit Tipps für Singles und Doubles, die alle mit der Frage kokettierten: Was ist der Sinn des Lebens? Und die jede Menge wohlfeiler Antworten bereithielten.

Grünenberg wollte sich auf diesem Markt bewähren. Das Thema, das er mit seinem Bestseller anschnitt, war noch ungelöst. Jeder will Aufmerksamkeit.

Das Baby brüllt, warum kümmert sich denn keiner um mich – die erste Regel: laut sein, damit jemand zuhört.

Der Schüler, der den Papierkorb in Brand steckt – die zweite Regel: ruhig mal jemanden erschrecken, sonst merkt es keiner.

Der Querulant, der bei jeder Diskussion unwichtige Fragen anschneidet, dabei will er nur auf sich selbst verweisen.

Klaus Grünenberg drückte sich um die Vokabel *Liebe*, aber er wusste, dass er sie verwenden musste, wenn das Buch wirklich ein Bestseller werden sollte.

Die Kleidung, die Marotten, die Frisuren, aber auch die Gesten, die Witze, die Gags, es galt das gesamte Repertoire zu beschreiben, mit denen sich Mitmenschen aus der Menge hervorzuheben trachteten. Besonders in Journalistenkreisen blühte die Kunst, auf sich aufmerksam zu machen.

Klaus Grünenberg hatte den Ton des Fernsehers leise gestellt, weil er einen Gedanken nicht festhalten konnte. Seine Finger ruhten auf der Tastatur, die speckig und klebrig war. Im Fernsehen lief eine Talkshow, die am besten zu ertragen war, wenn man den Ton abstellte.

Ich müsste auch was über die Exzentriker schreiben, diese Querdenker, von denen es eine unentdeckte Vielzahl gibt, dachte Grünenberg, während er abwesend auf das bläuliche Fernsehbild starrte. Aus Protest leistete er sich keinen Farbfernseher, er fand die Programme zu schlecht, um sie auch noch in Farbe ansehen zu müssen.

Immer wenn Klaus Grünenberg schrieb, hatte er die Gardinen zugezogen, so dass nicht mal das Licht der Straßenlaterne hereinscheinen konnte.

Nur die Schreibtischlampe brannte.

Die Whiskyflasche stand offen.

Er brauchte kein Glas.

Die fertigen Seiten warf er in einen halbierten Karton. Langsam schrieb er sich in Hitze und zog sich immer weiter aus. So auch jetzt: Er saß nackt an der Maschine, die auf den Namen Monica hörte, der Schweiß lief in Strömen.

Der Posten des Lokalchefs hatte ihn fett werden lassen. Fast fünfzehn Kilo zugenommen. Er war zwar nie ein sportlicher Redakteur gewesen, spielte auch nicht in der Redaktionsmannschaft Fußball. Seine schlanke Linie hatte er aber über Jahre gehalten. Dann kam die Beförderung und damit die Essenseinladungen, die zugleich Einladungen zu unbeschränktem Trinken waren, und so rollte sich um seine Hüften ein beträchtlicher Rettungsring. Gelegentlich hörte er im langgestreckten Flur des Zeitungshauses: »Der Dicke hat heute wieder miese Laune.«

Aufmerksamkeit erhaschen, mit Hochdruck, mit heißem Herzen, mit avec. Grünenberg hatte sich Listen angelegt. Die Gelegenheit beim Schopfe packen, das Haus auf den Kopf stellen, sich ins Zeug legen, nach etwas jagen. Er hatte Wörter herausgesucht, um seine Beschreibungen kräftig zu würzen. Alert, biereifrig, hurtig, rührig, zackig und zielbewusst. Er überschrieb seine Kapitel mit Typenbezeichnungen: Die Ameise, der Geschaftlhuber, der Intrigant, der Renommist. Der Aufschneider.

Im nächsten Jahr würde er vierzig werden, dann musste er raus sein aus dem Job, sich verändern, musste frei sein von den Zwängen der täglichen Hierarchie und der pausenlosen Produktion. Das war ein Ziel, das er sich schon lange gesteckt hatte. Nun kam der Geburtstag näher, aber sein Ziel schien noch weit entfernt.

Immer wenn die Whiskyflasche leer war, schaltete er Schreibtischlampe und Fernseher aus und stolperte ins Bett. Vor ein paar Tagen hatte er die Seiten in dem Karton mal gezählt: über 500 Blatt.

Natürlich durfte niemand in der Redaktion von diesem Bestseller erfahren, sonst würde man ihn ständig damit aufziehen. Dabei hegte Grünenberg den Verdacht, dass er nicht der einzige bei den *Weser-Nachrichten* war, der heimlich an einem Buch schrieb.

Er wollte unbezahlten Urlaub nehmen, um das ganze Manuskript zusammenzustellen. Sechs Wochen rechnete er, aus diesem Papierberg einen Bestseller heraus zu baggern. Sechs Wochen mussten reichen.

Er hatte keine Lust, so spät noch den Hörer abzunehmen. aber das Telefon klingelte unentwegt.

»Grünenberg.« Er lallte ein wenig.

»Sind Sie es selbst, verehrter Meister der Feder«, fragte der Anrufer. Seine Stimme leicht piepsig.

»Ja, doch. Mit wem hab' ich das Vergnügen?«

»Das tut nichts zur Sache. Sind Sie interessiert an dem Knüller Ihres Lebens.«

»Nein.« Er stockte. Ihm kam diese Stimme bekannt vor, der Anrufer verstellte sich. »Um was geht's denn, du Informant?«

»Kein Telefon. Ich meid' mich wieder.«

Dann hatte der Teilnehmer aufgelegt.

Grünenberg war zu betrunken gewesen, um das Tonband in Gang zu setzen, Er hätte er die Stimme noch mal anhören können. Knüller Ihres Lebens. *Auch so ein Wichtigtuer*, dachte Grünenberg und schwankte zum Bett. Drei Minuten später träumte er von einem Blitzlichtgewitter, das ihm galt.

Michael Adler zwirbelte seinen Schnauzbart und faltete dann die Hände im Schoß. Sein Gegenüber war nicht zu bremsen. Der eitle Gerichtsgutachter Dr. Stenzler, weißes Haar, eleganter Anzug, schwarz-weiß lackierte Schuhe. Es sollte ein Gespräch sein, aber kaum hatte Adler eine Frage gestellt, antwortete sein Interviewpartner in einem Schwall von langen Sätzen. Und nachher würde ihm die Redaktion wieder den Vorwurf machen, er hätte nicht genügend nachgefragt.

Dr. Stenzler war nur in diese Talkshow gekommen, weil er ein persönlicher Freund des Fernsehdirektors war, der hatte ihn in den höchsten Tönen gepriesen. »Ein kompetenter Gutachter, der viele interessante Fälle kennt, der witzig ist und nur so sprüht.« Bis jetzt hatte es noch nicht einen Lacher gegeben. Der Gerichtsgutachter erzählte sowieso nur von einem Fall, von dem Adler noch nichts gehört hatte.

»Kann sich denn ein Gutachter nicht auch irren?« Ging der Journalist dazwischen. Dr. Stenzler ließ sich nicht unterbrechen. Adler verwünschte das Gespräch. Seitdem er einer der drei Talkmaster war, weil ein vertrottelter Weinkenner endlich den Platz geräumt hatte, musste er sich behaupten, kämpfen, dass man ihm die Position nicht wieder streitig machte. Dazu gab es zu viele Neider in der Anstalt, die selbst gerne vor die Kamera gegangen wären, um ein paar Fragen zu stellen. Schließlich wurde jeden Sonntag die Talkshow in den *Weser-Nachrichten* rezensiert. Wenn die Kritiken auch nicht immer positiv ausfielen, man stand in der Zeitung. Und darauf kam es an.

Dr. Stenzler hatte eine weiche Stimme. »Die Frage ist doch immer, wieviel verstehen denn Richter von Detailfragen? Wieviel wollen sie wissen, um ihr Bild von einem Mörder abzurunden? Haben sie eine Ahnung von moderner Spurensicherung oder sind sie auf dem Stand ihrer Ausbildung stehengeblieben? Das sind doch die Fragen, die man erst einmal stellen muss.«

Adler spürte, wie die Kamera auf ihn gerichtet war. Jetzt musste er fragen, jetzt. Ein merkwürdiges Gefühl, er brauchte gar nicht auf das Rotlicht zu sehen. Auf dem Schirm war sein Bild, schweigend.

»Wollen Sie denn gar nicht wissen, warum ich so sicher bin, dass Fred Konz nicht der Mörder ist?«

»Doch, sagen Sie es. Ich habe mich gerade mit diesem Fall nicht beschäftigt.«

»Schade, sehr schade. Wir müssten in die Details gehen.

Der Konz-Fall ist ein typisches Beispiel eines Justizirrtums. Ich habe einwandfrei bewiesen, dass der Mann nicht geschossen haben kann. Aber der Richter war fest davon überzeugt und hat ihn verurteilt.«

Michael Adler wollte das Thema wechseln. »Was hat Sie denn überhaupt dazu gebracht, Gerichtsgutachter zu werden? So was singt einem der Vater doch nicht an der Wiege? Wie war Ihr Weg zu diesem Beruf?«

Er sah es Dr. Stenzler an, dass er auf diese Frage nicht antworten würde. Wenigstens ein paar Informationen zur Person rüberbringen, auch wenn die Gäste sich auf ein Thema verbeißen, was nicht zum ersten Mal vorkam, der Talkmaster muss sie knacken. Das war die Stimme des Fernsehdirektors, die Michael Adler nicht aus dem Kopf bekam. Und es muss unterhaltend sein. Dann sollte er sich doch selbst mal auf seinen Unterhaltungswert testen lassen. Adler wusste, dass er sich am Anfang seiner Karriere als Talkmaster nicht dagegen wehren durfte, welche Gäste er bekam. Da wäre er schnell wieder von dem mühsam erreichten Sessel heruntergerutscht.

»Sehen Sie, der Fred Konz ist ein ganz typischer Aufschneider, der hat, als ihn die Polizei in seiner Wohnung aufsuchte, gesagt, ja klar hab' ich den alten Sack umgelegt. Und die Waffe hab' ich in den Wallgraben geworfen. Das war reine Angabe, verstehen Sie? Sein Pech, dass tatsächlich die Waffe im Wallgraben gefunden wurde. Aber der Mann ist nicht in der Lage, eine Wespe zu erledigen, die ihn gerade gestochen hat.«

Michael Adler platzte der Kragen. »Wir sollten mal von diesem Fall wegkommen, ich denke, nicht alle Zuschauer werden die Einzelheiten verfolgt haben. Beantworten Sie mir doch lieber meine Frage, wie Sie Gerichtsgutachter geworden sind.«

Ich werde das Gespräch gleich beenden, dachte Adler, dann kann ich in der Nachbesprechung wenigstens so einen Pluspunkt erringen. Es war erst eine dritte Talkshow Er hasste diese Nachbesprechungen, die sich Konferenzen nannten. Dabei musste er sich mindestens eine Stunde anhören, was die Redakteure und der Fernsehdirektor auszusetzen hatten. Sie verteilten Noten, Beurteilungen, Verurteilungen, sie hatten sich Notizen gemacht, wussten natürlich alles besser und hätten es auch besser gemacht. Nach eigenem Ermessen.

Wenn am Sonntag ein Verriss in den *Weser-Nachrichten* erschien, dann wurde die nächste Konferenz zum Schlachtfest.

»Ich habe Franz Döhler umgebracht.« Dr. Stenzler war laut geworden. »Ich war es selbst!«

»Was?« Adler kam in seinem Sessel hoch.

»Wie ich sage.« Der Gutachter lächelte ein wenig. Aber er blieb stumm.

Michael Adler blickte zum Regie-Pult hinüber, zu Stenzler, zum Publikum. Dann fragte er: »Sie haben ihn umgebracht?«

»Ja, erschossen und anschließend die Waffe, den Korth Kaliber 38, in den Wallgraben geworfen. Ich hatte ihn mir am Nachmittag besorgt. Das ging ganz schnell.«

»Und warum ...« Adler fasste seinen Gesprächspartner an. Er merkte, wie sein Blut durch den Kopf raste.

»Dazu möchte ich nichts sagen.« Stenzler lächelte wieder.

»Aber, Herr Dr. Stenzler, das wird Sie ins Gefängnis bringen, wenn Sie sich selbst bezichtigen. Sie müssen doch einen Grund haben, hier zu gestehen?«

Stenzler wippte mit den schwarz-weiß-lackierten Schuhen, sah auf die Spitzen, blickte ein wenig wirr im Fernsehstudio umher, die Kameras nahmen ihn abwechselnd von vorne, von der Seite.

Michael Adler kam noch näher an den Gutachter heran.

»Es ist natürlich ihr gutes Recht, hier zu schweigen, aber wir sind in einer Talkshow, das ist gerade das Gegenteil.«

Einer lachte.

Dann noch einer.

Wie eine Erlösung.

Wurde das Gespräch etwa unterhaltend?

Michael Adler sonnte sich im Vorgefühl dessen, was dieses Interview auslösen würde. Fünf Minuten reine Langeweile und dann ein Mordgeständnis vor der Kamera. Das würde in der Sonntagsrezension Schlagzeilen machen. Und nicht nur da.

Der Gerichtsgutachter stand auf, gab Adler die Hand, als sei jetzt die Zeit für die Verabschiedung gekommen, und ging. Die Kameras verfolgten seinen Abgang.

Michael Adler rief ihm hinterher:»Dr. Stenzler, das werden Sie beweisen müssen, dass Sie der Mörder sind.«

Kein Laut im Studio.

Auch der Pianist, dem der Aufnahmeleiter kräftig auf die Schulter schlug, begann nicht zu spielen. Er starrte dem Gutachter hinterher.

Seitdem es diese Talkshow gab, saß er am Klavier und spielte seinen Jazz-Sound herunter, begabte Dacapos.

Kaum war die schwere Studiotür zugeschlagen, setzte im Studio ein Tumult ein, lautstarke Gespräche, Zurufe:»Holt ihn zurück!«

Der Redakteur im Studio brüllte:»Musik, verdammt noch mal Musik.« Seine Stimme war gut zu hören.

Der Pianospieler tat seine Pflicht. Er improvisierte seine Version der Stahlnetz-Titelmusik.

Fritz Pinneberger riskierte ein Auge, als er den Gerichtsgutachter Dr. Stenzler in der Talkshow entdeckte. Ein alter Bekannter. Wie der in die Talkshow kam, war ihm ein Rätsel. So ein Langweiler, der immer nur Fakten und Fakten wälzte, der immer recht hatte, der jeden mit Theorien über unaufgeklärte Morde überschüttete. Auch wenn ihn keiner danach fragte.

Marianne Kohlhase sah sich grundsätzlich keine Talkshows an, sie saß im Wohnzimmer und grollte.

Es war Freitagabend.

Fritz hatte ihr versprochen, dass sie zu einem Rockkonzert nach Oldenburg fahren würden. Dann kam er erst gegen acht aus dem Dienst, wieder mal hatte die Mordkommission Überstunden abverlangt, war völlig kaputt und schüttete sich wortlos zwei Flaschen Bier in den Hals. Dann hatte er gesagt, er sei zu müde, um noch eine Stunde Auto zu fahren. Und überhaupt, das Rockkonzert komme zum falschen Zeitpunkt.

»Und wann ist der richtige Zeitpunkt?« hatte Marianne ihn gefragt. Sie stritten sich eine Weile. Und dann verzog sich Pinneberger ins Schlafzimmer und stellte den Fernseher an.

In einem Trailer wurden die Gäste der Talkshow *Fünf nach halbzehn* angekündigt, darunter auch Dr. Stenzler.

Pinneberger wollte wachbleiben, schlief dann aber eine Stunde.

Marianne war zweimal im Schlafzimmer gewesen, hatte ihren Freund angesehen, mit dem war wirklich nichts mehr anzufangen, trotzdem war ihre Wut nicht verflogen. Es gab nur eins, er musste die Polizei verlassen. Diese ständigen Überstunden, dieses häufige Verschieben von Urlaub. Wie oft hatten sie darüber gesprochen, wie oft hatte Fritz gesagt, er wolle sich ernsthaft nach etwas anderem umsehen. Aber er war Oberkommissar beim ersten Dezernat, keine Chance auf eine Beförderung, kurz vor der berühmten Grenze. Wer es bis Vierzig nicht zum Hauptkommissar geschafft hat, aus dem wird nie was. Der Spruch kursierte im Polizeipräsidium.

»Marianne, komm mal her«, rief Pinneberger plötzlich aus dem Schlafzimmer, »schnell, mach schnell. Dr. Stenzler in Aktion«, rief er noch lauter.

»Wer ist das?« fragte Marianne in der Tür.

»Quatsch jetzt nicht. Er hat gerade behauptet, dass er der Mörder von Döhler ist.«

Sie sahen, wie Adler hilflos um deine Fassung rang.

Der Abgang war grandios.

Die Piano-Musik von Gottfried.

»Der hat doch 'ne Meise, der Stenz, also wirklich, das ist mein Fall, das war eine saubere Sache, ganz simpel, erstes Ausbildungsjahr, der Konz hat seine Strafe gekriegt, fertig, ab in den Kahn, und nun will es der Stenzler gewesen sein ...« Pinneberger unterbrach sich.

»Kannst du mir erklären, worum es geht?« Marianne kam ein wenig näher.

Seitdem der große Farbfernseher direkt am Fußende des Bettes stand, gab es immer drei Personen im Schlafzimmer. Sie nahm die Fernbedienung und stellte den Ton ab.

»Der Stenz hat das Gutachten für den Konz gemacht, als gutachtender Psychologe, hat er ihm einen Freibrief ausgestellt, der Konz sei zu keinem Mord fähig. Ich war nicht selbst im Gerichtssaal, aber er soll sich mächtig ins Zeug gelegt haben. Und was er alles für Gespräche mit dem Konz geführt haben will. Der Konz sei ein Justizopfer, weil nur ein paar Indizien gegen ihn sprechen. Der dürfte auf keinen Fall verurteilt werden. Nun weiß doch jeder, dass der Stenz spinnt. Für ihn gibt es nur Gutachter, die Bescheid wissen, und Richter, die keine Ahnung haben, und so einen Quatschkopf ins Fernsehen zu holen... Aber das mit dem Mord ist stark, was?«

Marianne zog ihren Pullover aus.

»Willst du noch fernsehen, jetzt?«

»Ne, ne, mach die Kiste ruhig aus. Ich wollte nur den Auftritt vom Stenz mitkriegen. Und ausgeschlafen bin ich jetzt auch, soll'n wir noch losfahren?«

Marianne ließ keinen Zweifel, was sie jetzt wollte.

»Du kannst ja eine Platte auflegen, von der Gruppe, die heute in Oldenburg auftritt.«

Pinneberger brauchte keine Musik. Wie gut, dass er schon eine Runde vorgeschlafen hatte.

So fing das Wochenende befriedigend an.

2

»Tür zu, verdammt noch mal«, schrie Lindow, der auf dem Linoleumboden saß und versuchte, die beschriebenen Zettel festzuhalten. Einige Blätter wurden aufgewirbelt.

Der fast sechzigjährige Hauptkommissar, der vor Jahren ins Wirtschaftsdezernat strafversetzt worden war, schüttelte den Kopf. »Nirgendwo hat man seine Ruhe.«

Fritz Pinneberger stand schuldbewusst an der Tür.

»Kannst du mir mal sagen, was du hier auf dem Fußboden treibst, Wolfgang? Reicht der Schreibtisch für die Beweise nicht aus?«

»Das geht dich gar nichts an.«

Lindow schimpfte mit seinem Skatbruder und legte die Blätter wieder an ihren Platz.

Pinneberger beugte sich nach unten.

Fußballtabellen.

Spielpaarungen.

Ergebnisse.

»Wir können es schaffen«, sagte Lindow, jetzt etwas leiser, »wir können es schaffen.«

»Was?«

Lindow blickte versonnen auf sein Gesamtwerk.

»Für dich als Antifußballschurke ist das natürlich nicht wichtig, aber für mich schon!«

»Was können wir schaffen?« Pinneberger betonte jedes Wort einzeln. Dieser Hauptkommissar, dessen Hobby Briefmarkensammeln war, an den Wänden hingen ausgewählte Stücke seiner Leidenschaft: Marken mit Polizeimotiven aus aller Welt. Der Hauptkommissar im vorgezogenen Ruhestand. Seit seiner Auseinandersetzung mit dem Kriminaldirektor war er abgeschoben, musste jeden Fall, den er zu bearbeiten gedachte, vorlegen, und wurde so erfolgreich an der Arbeit gehindert.

»Wir können Vize-Meister werden. Sieh mal hier, Fritz, ich habe die ganzen Begegnungen der nächsten zehn Spieltage für die fünf führenden Bundesligamannschaften aufgelistet, wir müssen nur vier von den Auswärtsspielen gewinnen, dann haben wir echt eine Chance.« Pinneberger kam aus der Hocke hoch.

»Lass das ja den Lang nicht sehen, du kriegst wieder ein Diszi reingewürgt.«

»Der Lang, der Lang«, Lindow lachte laut auf, »meinst du, ich hätte den Chef schon einmal in meinem Büro gesehen. Der lässt mich antanzen, grüßt mich nie auf dem Flur.«

Am Anfang hatte es Lindow viel ausgemacht, abgeschoben zu sein. Fünfundzwanzig Jahre Mordkommission und dann Bagatellfälle im Wirtschaftsressort. Ein Abstieg. Wenn auch die Umweltkriminalität wesentlich zunahm, wurde Lindow kaum tätig, obwohl er einige Male Papiere zu den neuen Straftatbeständen vorgelegt hatte. Kriminaldirektor Lang gab ihm zu verstehen: »Ich bin bei Ihnen nie sicher, Lindow, ob Sie nicht einen privaten Rachefeldzug gegen die Politiker führen wollen.«

»Hast du am Freitag die Talkshow gesehen?«

»Dieser Stenz, einfach großartig. Das war ein Auftritt.«

»Du kennst ihn doch länger als ich, Wolfgang. Ist da was dran? Ich meine, geht ein ziemliches Risiko ein, wenn er sich hinstellt und sagt, **ich** habe den Döhler umgenietet, oder?«

»Dein Fall?«, fragte Lindow, der bei ihren gemeinsamen Skatabenden größten Wert legte, nie über berufliche Dinge zu sprechen.

»Ja, mein Fall. Ich muss was...«

Wolfgang Lindow stand auf: »Dr. Stenzler hat gute Beziehungen, da musst du verdammt aufpassen.«

»Das weiß ich auch.«

Lindow stellte sich ans Fenster und sah in den grauen Februartag hinaus. Auf der gegenüberliegenden Seite war das Gerichtsgebäude mit seinen geschwärzten Steinen. Die Volkszählungsgegner hatten es mit neuen Parolen verziert: *Zählt lieber Eure Tage, die Ihr noch habt.*

»Ich würde ihn mir zur Brust nehmen, Fritz. Und zwar ganz ernsthaft. Du hast allen Grund dazu. Gibt denn der Fall so was her?«

»Indizienkiste, mein Gott. Der Konz hat gestanden, dann widerrufen, die Waffe war da, wo er sie hingeworfen hatte.«

»Schmauchspuren?«

»Da haben die Kollegen von der Spurensicherung gepennt, schöne Scheiße. Soll der Richter auch schwer drauf rumgehackt haben. Aber als der sein Geständnis von sich gab, wurde er gleich eingebuchtet. Klar. Konnte ja keiner wissen, dass er widerruft, oder?«

»Und sonst, was meinst du?«

»Konz war es, kein Zweifel. Der Widerruf war nur der schwache Versuch, eine geringere Strafe einzufangen.«

Lindow sah auf seinen leeren Schreibtisch. Da stand das Telefon, die Glasplatte ohne Papier, darunter die Telefonliste der Dienststellen. »Wie ich dich darum beneide, Fritz. Lass ihn vortanzen. Dr. Stenzler als Mordverdächtiger, ich wär' gerne dabei. – Was macht dein neuer Kollege?«

Seitdem Davids von der Triade umgebracht worden war, hatte Pinneberger mehrfach den Assistenten gewechselt. So eine Zusammenarbeit wie mit dem schwulen Kollegen kam nie wieder zustande.

»Der Neue, ich kann dir sagen, das ist ein Früchtchen, der steht morgens um sieben schon in den Akten, füllt Papier die Menge und geht abends als letzter vom Schiff. Ein verdammter Streberling, aber nicht so viel kriminalistischen Spürsinn. Gut fürs Archiv. Mal sehen, wie lange der sich bei mir hält.«

»Könnte ich nicht dein Assistent werden?«, fragte Lindow und zog an seinem ledernen Schlips.

»Gute Idee, schlag' ich gleich dem Lang vor.« Pinneberger lachte. »Und lass dich nicht bei deiner wichtigen Arbeit stören.« Er zeigte auf die wohlgeordneten Blätter auf dem Boden.

Zwei Stunden später hatte Pinneberger in Erfahrung gebracht, dass der Gerichtsgutachter Dr. Stenzler sich nicht in der Hansestadt aufhielt. Seine Frau sagte ihm, dass er sich melde, sobald er wieder nach Hause komme.

Es war kein Demonstrant zu sehen, obwohl eine riesige Menschenmenge erwartet worden war.

Der Wendekanzler sprach in der Stadthalle, und nur geladene Gäste wurden eingelassen.

Ein Debakel für die Polizeiführung. Überall standen die grauen Wagen der Zivis. In den Einsatzwagen harrten die Mannschaften, der Leitstand war in einem Wohnmobil untergebracht.

Der Polizeipräsident tobte: »Wann kriegen wir endlich eine zuverlässige Einschätzung der Lage. Alles unfähige Trottel, die mit der Stange im Nebel herumstochern und Gefahren an die Wand malen, die nicht vorhanden sind.«

Der Leiter des Verfassungsschutzes, Müller, nickte eifrig, von seiner Behörde war diese Fehleinschätzung gekommen.

»Seien wir froh, dass alles ruhig verläuft«, sagte er mit sonorer Stimme. »Sieht doch auch gut aus.«

»Sieht gut aus, Müller, dass ich nicht lache. Sieht schlecht aus, wie soll ich das den Einsatzleitern klarmachen. Hier sind einige Hundertschaften umsonst zusammengezogen worden.«

Der Polizeipräsident hatte schon vor einiger Zeit die Jacke abgelegt, die Ärmel aufgekrempelt, als wollte er selbst an Rangeleien mit Demonstranten teilnehmen.

Derweil zog der Wendekanzler zu den Klängen einer Berliner Bigband in die Stadthalle ein. In zehn Tagen war Bundestagswahl, der krönende Höhepunkt stand bevor.

Der Beifall der siebentausend Parteimitglieder, die auch aus dem Umland herangekarrt worden waren, nahm kein Ende. Der Kanzler hob beide Arme, als habe er gerade einen Gegner k. o. geschlagen.

Die Pressefotografen blitzen ganze Fotoserien von dem strahlenden Saumagen.

»Wir könnten doch einen kleinen Zwischenfall inszenieren, ich meine ...« Müller stockte, um sich zu vergewissern, ob jemand seinen Überlegungen folgen würde.

»Wie meinen Sie das?«, fragte Polizeipräsident Mantz.

»Na ja, so irgendwas Kleines, ein paar Leute, die versuchen, in die Stadthalle zu kommen, ohne geladen zu sein, die dann Krawall schlagen, und wir nehmen die in Gewahrsam.«

Müller schaute in die Runde.

Da jeder der anwesenden Herren rauchte, waberte schon Nebel im Wohnmobil.

»Ich sehe keine Demonstranten, die Krawall schlagen«, gab der Einsatzleiter zurück.

»Ich auch nicht«, echote der Polizeipräsident.

Müller zog seine Krawatte fester.

»Hier laufen genügend SEK-Leute rum, die das spielen könnten. Seh'n doch sowieso aus wie Demonstranten, mit ihrem langen Haar und den Turnschuhen. Den malen wir ein Transparent...«

Der Polizeipräsident räusperte sich. Er schien nicht abgeneigt. Der Einsatzleiter schüttelte den Kopf: »Ich hetz' doch nicht meine Leute aufeinander.«

»Das würde nicht auffallen müssen, meine ich«, sagte Müller. Der Leiter des Verfassungsschutzes hatte es in langjähriger Kleinarbeit geschafft, das Verhältnis zum Polizeipräsidenten zu entspannen. Die andauernde Konkurrenz zwischen seiner Dienststelle und dem zuständigen Dezernat bei der Kripo war davon zwar nicht berührt, immer noch arbeitete man nebeneinander, manchmal sogar gegeneinander, aber auf der Führungsebene waren die Kontakte gut. Müller rechnete es sich als Beweis seines hervorragenden Verhältnisses zu Mantz an, dass er bei wichtigen Einsätzen in der Zentrale sitzen durfte.

»Aber das fällt auf, Müller«, wandte der Polizeipräsident ein, er nahm seine Pfeife, die schon mehrfach ausgegangen war, und klopfte den verbrannten Tabak heraus.

Der Wendekanzler tönte in der Stadthalle: »Wir können nicht in sechs Monaten reparieren, was die Schuldenpartei in dreizehn Jahren kaputtgemacht hat. Es wäre blanker Zynismus gewesen, hätten wir gewartet, bis alles noch schlechter geworden wäre.« Er sprach davon, dass jeder Lehrling einen Ausbildungsplatz bekommen sollte, dass der notleidenden Werftindustrie mit großzügigen Subventionen unter die Arme gegriffen werde. Alle müssten aber auch Opfer bringen. »Was dem Opa zugemutet worden ist, der nach dem Krieg mit dem Pappkarton aus dem Osten kam, kann heute auch mal Studenten zugemutet werden.«

Beifall, Hochrufe. Die Stimmung war ausgezeichnet.

»Alles ruhig in der Halle?«, fragte der Einsatzleiter über Mikro aus dem Wohnmobil.

»Keine Vorkommnisse«, kam die Antwort aus dem quäkenden Lautsprecher.

»Da hatte ich noch drauf gehofft, dass wenigstens ein paar Störer in der Halle sind«, sagte Müller gedehnt, er faltete die Hände auf dem kleinen Plastiktisch, »ich glaube, wir sollten uns was einfallen lassen.«

Mantz entflammte seine frisch gestopfte Pfeife.

»Was soll das sein? Ein Pressetext für die Wahlkampfmappe?«

Grünenberg war versucht, den Artikel in kleine Schnipsel zu zerlegen.

Die beiden jungen Kollegen standen vor seinem Schreibtisch und blickten in die Luft.

»Ich schick' euch doch nicht zur Konferenz des Kanzlers, damit ihr eine Lobeshymne singt, sondern ein paar Fragen stellt. Hätt' ich euch die vorher aufschreiben müssen, oder was?«

Keine Antwort.

Zwar hatte der Wendekanzler ein Exklusivinterview mit der Zeitung abgelehnt, weil dazu im Wahlkampf keine Zeit sei, aber immerhin hatte er der örtlichen Presse eine halbe Stunde gegeben, damit sie direkt mit ihm sprechen konnte.

»Also, was war los?«

Grünenberg ärgerte sich, dass die beiden nicht dazu standen, was sie verbockt hatten.

Er hätte natürlich auch selbst zu dieser Pressekonferenz gehen können. Wenn dieser Brief nicht am Mittag auf seinem Schreibtisch gelegen hätte.

»Ich will was hören, oder seid ihr im Verein der Taubstummen in den Vorstand gewählt worden?«

Klaus Grünenberg wedelte mit dem Manuskript in der Luft. Mücken jagen.

»Er hat die ganze Zeit gesprochen.«

»Was hat er?«

»Der hat darüber gesprochen, was er alles für die Region tun will, was er in Sachen Lehrstellen unternehmen will ...«

»Wahlkampfgewäsch. Warum habt ihr ihn nicht festgenagelt?«

Der jüngere der beiden Journalisten zuckte zusammen, er bekam den Mund nicht auf.

»Er kam zu spät zu dem Termin, hat eine Viertelstunde gesprochen und ist dann ab in die Stadthalle gerauscht.«

»Es war ein Pressegespräch angekündigt«, warf Grünenberg ein. *Das wird eine Generation von lammfrommen Fragenichtsen werden,* dachte er. Nicht, dass es nicht schon immer diese Journalisten gegeben hätte, die immer dann, wenn Machthaber auftraten, verstummten, das Haupt neigten und zu bloßen Zeilenempfängern wurden. Aber ihm wär' das nicht passiert, wenn er im Presseclub dabei gewesen wäre.

»Was soll ich jetzt machen?« fragte Grünenberg laut und wusste doch schon, was er tun wollte. »Er hat euch seine Rede noch mal privat angedreht, was? Denn in der Halle hat er auch nichts anderes gesagt.«

Jetzt wäre der Zeitpunkt gekommen, den Artikel zu zerreißen, aber Grünenberg gab ihn zurück: »Hängt ihn euch übers Bett als abschreckendes Beispiel von Hofberichterstattung. Und verschwindet, ich muss euren Kasten noch füllen lassen.«

Die beiden nahmen wortlos den Artikel in Empfang.

Sie verschwanden. Bedröppelt.

Klaus Grünenberg zog den Brief aus der Tasche, der ihn den ganzen Nachmittag gekostet hatte und auch um den Genuss des Pressegesprächs mit dem Kanzler brachte.

Werter Meister der Feder, stand in schnörkeliger Schrift auf dem Umschlag.

Der Brief war durch einen Boten auf seinen Schreibtisch gelegt worden. Grünenberg fand ihn, nachdem er ein zähes Schnitzel in der *Pfanne* gegessen hatte. Die Stimmung war sowieso im Eimer.

Treffen Sie mich um 15 Uhr an der Telefonzelle Schlachte. Mehr stand nicht in der kurzen Mitteilung.

Grünenberg erinnerte sich an die Anrede, organisierte den Termin mit dem Kanzler und machte sich auf den Weg.

Meister der Feder, selbst im Einsatz.

Er kam wenige Minuten vor fünfzehn Uhr zum angegebenen Ort. Wartete.

Sah auf das braune Weserwasser.
Es kam niemand.
Erst eine Viertelstunde später klingelte das Telefon.
Die piepsige Stimme.
»Bürgerpark, Pissoir, am Stern. Gehen Sie gleich los.«
»Wer spricht denn da?«, brüllte Grünenberg in die Sprechmuschel.
Der Teilnehmer hatte eingehängt.
Bürgerpark, Taxi oder zu Fuß?
Angesichts des fetten Mittagessens konnte ein Spaziergang nicht schlecht sein. Und auch angesichts seiner Körperfülle.
Er nahm das Taxi.
Grünenberg dachte unterwegs darüber nach, wie man eine Telefonzelle anwählen konnte. Woher wusste er die Nummer? In anderen Ländern war das möglich, in England ja, aber in Deutschland?
Die Geschichte begann ihn zu interessieren.
Ein nieseliger Nachmittag. Er war ganz froh, nicht am Schreibtisch hocken zu müssen. Auch ein Lokalchef soll ja gelegentlich journalistisch tätig werden und nicht immer nur kommentierend eingreifen. *Kommt der Journalist dann in die Jahre, schreibt er meistens Kommentare.* so lautete der Spottvers in der schreibenden Zunft. Kommentare waren so etwas wie Kaffeesatzlesen, ohne dass man seinen Hintern heben und vielleicht noch etwas recherchieren musste.
Das Taxi fuhr Umwege.
Grünenberg fiel auf, dass die Straßen für den bevorstehen Besuch des Wendekanzlers abgesperrt waren. Alle zehn Meter stand ein Polizist am Straßenrand.
Der Treffpunkt ist nicht gut gewählt, wenn er unter den Augen der Polizei stattfindet, dachte Grünenberg.
Der Ort war auch aus anderen Gründen nicht einladend, der Uringestank wurde bei dem feuchten Wetter nicht geringer.

Grünenberg wartete.

Zweimal fragten ihn Passanten nach dem Weg, und jedes Mal zuckte er zusammen, weil er glaubte, sein Informant sei aufgetaucht. Das mittägliche Bier hatte sich seinen Weg durch den Körper gebahnt. Grünenberg betrat die öffentliche Anlage.

Als er wieder herauskam, sah er einen Zettel.

Meister der Feder, stand dort in der gleichen schnörkeligen Handschrift. *Treffen verschoben.*

Der Zettel war mit Reißzwecken an die hölzerne Tür gepinnt.

Grünenberg riss ihn ab, steckte ihn ein.

Er war stocksauer.

3

An einer Ausfallstraße von Münster nahm ich einen Anhalter mit. Bis Hiltrup, dort könnte er leichter weiterkommen, sagte er. Wir unterhielten uns, small talk. Auf das Gespräch mit dem Pädagogikstudenten fiel ein leichter Schatten, als er hörte, dass ich beim Verfassungsschutz bin. Er sei gegen Gewalt, versicherte er ungefragt, allerdings auch gegen strukturelle' Gewalt. Ob ich wisse, was das sei. Ich wusste es. In Freiburg habe er an Demonstrationen teilgenommen. Irgendwie schien ihn noch die Erinnerung daran zu begeistern. Er wurde lebhafter. In Hiltrup stieg er nach einigen Anmerkungen über den abzulehnenden sozialdarwinistischen Existenzkampf aus, circa 25 Jahre alt, intelligent, gut erzogen, an diesem Montag per Anhalter nach Hagen. Sein Kleidermief blieb im Wagen zurück, als er draußen nach dem nächsten Pkw winkte.

Er besah sein Werk und fand es gut. Ein toller Anfang für seinen Aufsatz über das Polizeiseminar in Hiltrup. Es war nicht ganz so gewesen, wie er es beschrieben hatte, aber das konnte ja niemand überprüfen. Wahrscheinlich machten es die Profis von den Zeitungen genauso.

Der Verfassungsschutz-Chef hatte sich den Tag freigenommen, weil er endlich den Artikel für die Zeitschrift fertigstellen wollte.

Er saß in seinem Haus in der neugebauten Siedlung.

Was gab es für eine bessere Tarnung als seine Adresse: Karl-Marx-Straße, direkt an dem Autobahn-Zubringer in Habenhausen.

Der Großeinsatz bei der Wahlkampfveranstaltung war ein Flop gewesen, alles was er vorschlug, um wenigstens das Gesicht zu wahren, wurde aus polizeitaktischen Erwägungen abgelehnt. Auch seine Idee, mit ein paar gezielten Steinwürfen die großen Fenster der Stadthalle klirren zu lassen, in der Dunkelheit würde niemand die Täter entdecken können. Abgelehnt.

Er musste sich bei der Nachbesprechung beim Innensenator eine Rüge abholen, er habe mal wieder die Pferde scheu gemacht. Und was der Einsatz alles gekostet habe. Der Innensenator sagte: »Wir hätten diesen Kanzler ganz ungeschützt lassen können. Wer wird denn gegen einen Pudding demonstrieren.«

Müller hatte sich mit Mantz telefonisch besprochen, sie waren übereingekommen, dass sie die Berichte ihrer Untergebenen genauer überprüfen lassen wollten. Schließlich stammten die Fehleinschätzungen von denen. Man hatte mit über fünftausend Demonstranten gerechnet.

Umso mehr wollte er mit diesem Aufsatz glänzen. Nicht nur, dass ihn die Polizeischule in Hiltrup eingeladen hatte, was an sich schon ungewöhnlich war. Jetzt hatte er die Ehre, den Seminarbericht zu schreiben, und er wollte ihn nutzen, um sich in Polizeikreisen einen Namen zu machen. *Ein Königreich für eine Strategie,* hatte er als Titel gewählt.

Das würde Aufsehen erregen, weil einige von diesen Polizeiköppen, die ja nichts anderes kannten als Opfer-Täter-Strafe, für die Prävention immer noch ein Fremdwort war, von Strategien ganz zu schweigen, sofort losschlagen würden, weil er nicht aus der gleichen Kiste kam.

Müller sah, wie im Sandkasten eine Prügelei begann. Zwei Mädchen schlugen auf zwei Jungen ein, sie teilten aus, kräftig. Der Junge mit dem roten Ringelpullover ging gleich zu Boden, der andere haute ab. Die Mädchen rannten hinterher.

Er hatte keine Zeit, sich einzumischen, obwohl es seine Aufgabe gewesen wäre. Schließlich war der Junge, der davonrannte, sein Enkel, den seine Eltern auf dem Weg zu einem runden Geburtstag bei ihm geparkt hatten. *Wenn er noch laufen kann*, dachte Müller, und beugte sich wieder über sein Manuskript.

Ihm ging dieser Mantz nicht aus dem Kopf. Wie konnte der sich als Polizeipräsident so lange halten? Natürlich, er war in der Partei, da sah man über vieles hinweg. Aber in der Partei gab es Gegner, die Kritik an Mantz öffentlich äußerten.

Der Leiter des Verfassungsschutzes war selbst schon in die Nähe der Pensionierung gerückt, er konnte den Polizeipräsidenten nicht beerben. *Das wäre ein Posten für mich gewesen.* Das Landesamt für Verfassungsschutz war einfach eine Nummer zu klein, nicht die richtigen Mitarbeiter, so sehr er sich auch darum bemühte, nicht der richtige Biss. Wenn er da an früher dachte.

Die Tür wurde aufgerissen, sein Enkel stand mit zerrissenem Pullover vor ihm: »Opa, die ham mich gedroschen.«

»Wehr dich«, antwortete Müller, »und jetzt raus. Ich hab' zu tun.«

Der fünfjährige Knirps zog ab.

Müller schloss die Tür hinter ihm. Mit lautem Knall fiel sie ins Schloss.

Die Polizei muss während dieser Zeitspanne besonders ausdauernd sein, denn auf ihren Schultern lastet zunehmend die Last der ersten Stufe eines neuen Krieges, in diesem Kriege drückt sich der gegnerische Wille nicht in Schlachten herkömmlicher Art aus, sondern in einer Unzahl psychologischer Schachzüge, in zahllosen verdeckten, mittelbaren Maßnahmen. Das Ziel des modernen Krieges ist weniger die Vernichtung des Gegners, sondern vielmehr die Übertragung des eigenen politischen Willens auf den Gegner mit psychologischen Methoden. Dieser Vorgang läuft in einer Vorstufe der bisher vorgestellten Kriegsformen ab und kann diese – ist er erfolgreich – überflüssig machen. In dieser Kriegsphase 1 ist die Polizei als Ordnungsfaktor zuständig. Sie hat den inneren Frieden aufrecht zu erhalten.

Das größere Präventionsinstrument, die Bundeswehr, steht gleichzeitig hochgerüstet, aber unzuständig und tatenlos außerhalb des Krieges, in dieser Phase hängt die Sicherheit aller besonders von der seelischen Intaktheit der Polizei ab.

Die Sitzung des *Stadtblattes* drohte zu einem Tumult zu werden. Klaus hatte die Brille auf der Nase mit dem rechten Zeigefinger gegen die Augen gepresst, Diethmar saß ihm gegenüber. In Kampfstimmung.

»Ich will ja gar nicht sagen, dass sich unser Blatt nun ausschließlich um Politik kümmern muss oder um alternative Politik oder Informationen von unten, wie früher unsere Unterzeile hieß.« Klaus hatte einen hochroten Kopf. »Aber dieses gesichtslose Integrieren in die Freizeitkultur, dieses Abtauchen in die Konsumindustrie, nur damit man Anzeigen bekommt...«

»Ihr habt doch früher nur rote Zahlen geschrieben«, unterbrach ihn Diethmar, »nur Schulden gemacht, darunter leiden wir noch heute, und alles, weil ihr geglaubt habt, jemand wolle diesen linken Verlautbarungsjournalismus lesen. Das Publikum hat sich gewandelt. Das ist alter Schmus, den du vertrittst.«

Das neue Büro des *Stadtblattes*, ganz in Weiß gehalten, lag an einer Seitenstraße. Mitten im Viertel.

Die Mitglieder der Redaktion verhielten sich still.

Klaus und Beate hatten das *Stadtblatt* aufgebaut, hatten ihm ein kleines, bescheidenes Renommee verschafft. Es war keineswegs zu einer Instanz geworden, aber die Leser konnten aus dem *Stadtblatt* erfahren, was in den Medien und der Verwaltung wirklich gespielt wurde. Die einzige monatlich erscheinende Tageszeitung, so hatte Peter einmal getitelt.

»Was ich hier lese, ist doch alles Schrott: Modenschau mal ganz anders, die besten Friseure der Stadt und natürlich von jedem Genannten auch eine Anzeige drin, das ist verdeckte Werbung, sonst nichts, Kundenfang übelster Sorte. Plattenbesprechungen von den Werbetexten abgeschrieben. Warum ändert ihr den Titel nicht? In Bremer Anzeigenblatt, oder so was?«

Diethmar sah in die Runde, er wusste, dass die meisten Mitglieder der Redaktion auf seiner Seite standen. Er hatte mit ein paar anderen die Herausgeberschaft übernommen.

Die gelegentlichen Auftritte von Klaus konnten ihn nicht mehr stören. Beate war nach Berlin gegangen und arbeitete bei der *tageszeitung*.

»Ich weiß nicht, was dich noch hier hält«, sagte Diethmar und fuhr sich über den kahl geschorenen Schädel, »wir haben in den beiden letzten Jahren mehr geschafft, als ihr in den fünf Jahren davor...«

»Was Auflage und Kohle angeht«, warf Klaus ein.

»Von mir aus, aber das zählt ja auch was, oder?«

Klaus wusste, dass er sich nicht durchsetzen würde. Die zwei, drei von der alten Truppe hatten gekniffen und waren zum Aussprachetermin nicht erschienen.

Das Büro war mit Leuchttischen eingerahmt, an denen das Layout entstand, an den Wänden die Titelbilder des letzten Jahres. Ein großer Mund, der genüsslich an einem Eis leckt, eine nackte Frau mit Hut, ein weibliches Ohr, in das sich eine lange Zunge streckt.

Klaus stand auf.

»Das war's dann wohl.«

»Keine Lust mehr zum Streiten, oder?« Diethmar lehnte sich auf seinem Bürostuhl zurück. So sehen Sieger aus.

Klaus war unwohl bei dem Gedanken, einfach abzuhauen und sein Baby im Stich zulassen, aber er wusste nicht, wie er sich hier durchsetzen konnte.

Er brauchte einen Plan.

Als er auf dem Fahrrad durch das Viertel radelte, kam ihm eine Idee, die vielleicht die Lösung bringen konnte.

Fritz Pinneberger hatte an diesem Tag seinen italienischen Anzug angezogen, mit dem er schon einmal auf einem Polizeiseminar in Siegen zu glänzen wusste.

Dabei war Mittwoch, und auf dem Tisch lagen zwei ungelöste Mordfälle.

Der Neue hieß Schlink und machte seit Stunden Aktenstudium. Ab und zu sah er von einer Spurenakte auf und stellte eine Frage, die Pinneberger lustlos beantwortete. Dann war wieder Ruhe zwischen den beiden.

Wenn er seinen neuen Kollegen betrachtete, offenes Hemd mit großen Karos, Bürstenhaarschnitt und kleiner Schnauzer, wie er über den Papieren saß, dachte er daran, dass er am Anfang seiner Laufbahn mit Lindow zusammengearbeitet hatte. Auch so ein Muffel, zu keiner Antwort bereit, selbst wenn er eindringlich befragt wurde. Die Tage, an denen Lindow gesprächig war, konnte man im Kalender anstreichen. *Werd' ich jetzt auch wie Lindow?*

»Ist eigentlich geprüft worden, ob dieser Schulzenberg wirklich Linkshänder ist, oder ist das eine Vermutung?«

»Der Mordfall Axt war von Anfang an eine verwickelte Geschichte, alles sprach für Schulzenberg als Täter, bis wir herausfanden, dass er Linkshänder war, die weibliche Leiche jedoch eindeutig von einem Rechtshänder erstochen wurde. Wir haben ihn in Situationen gebracht, wo er spontan reagieren musste, da griff er immer mit links zu.«

»Was für Situationen?« Schlink rieb sich die Augen hinter den beiden Brillengläsern. Das war die einzige Gemeinsamkeit, die er mit seinem Vorgänger Davids hatte.

»Man lässt etwas fallen, anscheinend unabsichtlich, und bittet, dass er es aufhebt, mitten im Gespräch am besten. Man reicht ein Stück Papier und lässt eine Schriftprobe machen. Seine Handschrift ist ein eindeutiger Beweis.«

»Aber es gibt doch auch Leute, die können mit beiden Händen gleich gut schreiben. Ich kannte da mal einen Mann ...«

In diesem Moment ging die Bürotür auf, und der Gerichtsgutachter Dr. Stenzler trat herein.

»Sie wollten mich sprechen, Herr Pinneberger«, seine Stimme ganz weich, freundlich.

»Ja«, antwortete der Oberkommissar, stand schnell auf und zog den grünbespannten Holzstuhl heran.

Dr. Stenzler setzte sich.

Sein Anzug schimmerte silbern, er hatte eine weinrote Fliege umgebunden. Sehr elegant. Sein weißes Haar, nach hinten gekämmt.

»Herr Schlink, wenn Sie protokollieren würden!« Pinneberger war aufgeregt, und er spürte es sofort. Er mochte diesen Überraschungsbesuch nicht. Zwar hatte er in den letzten Tagen einige Male bei Stenzler angerufen, wollte den Fall nicht aus den Augen verlieren, aber ihm wäre sehr viel wohler gewesen, wenn er sich auf die Einvernahme hätte vorbereiten können.

»Sie haben die Talkshow gesehen, nicht wahr?« begann der Gutachter, auf seinem Gesicht das gleiche Lächeln wie in der Fernsehsendung.

»Ja, sicher, sonst würde ich Sie nicht...« Pinneberger machte eine abwehrende Handbewegung.

»Nun, hier bin ich. Ich habe den Döhler umgebracht mit dem Revolver, den ich anschließend in den Wallgraben geworfen habe, ein Korth Kaliber 38. Was soll ich noch mehr sagen?«

Der Gutachter schlug ein Bein über das andere.

»Und warum haben Sie es getan?«, fragte Pinneberger, dem zwar häufiger schon Geständnisse gemacht worden waren, aber noch nie in einer solchen Atmosphäre. Das ging immer viel emotionaler zu, mit Tränen, mit gedämpfter Stimme, mit Stocken. Dieser Mann legte ein Geständnis ab, und es klang wie eine Provokation.

»Über meine Motive möchte ich eigentlich nichts sagen!«

»Das kann doch nicht Ihr Ernst sein«, entfuhr es Pinneberger. Er sah zu Schlink hinüber, der dieser Situation besser gewachsen schien als er.

»Ich habe den Döhler nicht gemocht. Wir hatten eine alte Rechnung offen.«

Es klang auswendig gelernt.

»Glaube ich Ihnen nicht«, sagte Pinneberger scharf.

»Das können Sie halten, wie Sie wollen. Sie wissen, was Sie jetzt zu tun haben. Sie müssen mich verhaften lassen. Darüber brauche ich Sie wohl nicht zu belehren ...«

Stenzler fixierte Pinneberger.

»Es besteht keine Fluchtgefahr. Was soll dieses Theater, Dr. Stenzler?«

»Die Beweislast liegt bei Ihnen, Herr Oberkommissar, oder schon Hauptkommissar?«

Pinneberger war wütend.

Schlink schüttelte den Kopf, ganz bedächtig.

Der Gutachter zeigte keine Regung.

»Ich denke, wir gehen zum Kriminaldirektor, ich möchte, dass Sie die Aussage in seinem Beisein wiederholen. Ach, eine Frage hätt' ich vorher doch noch«, Pinneberger fixierte den Geständigen. »Konz hat ja widerrufen. Wird das auch Ihr nächster Schritt sein?«

Der Gutachter war irritiert. »Wie kommen Sie darauf?«, fragte er.

»Das soll eine Falle sein, was. Sie glauben, ich merke so was nicht. Sie wollen alles genauso machen wie Konz, erst gestehen, dann widerrufen. Sie kennen den Fall bis ins Detail, sicher, ein Gutachter kennt den Fall. Konz wusste übrigens nicht, mit was für einem Kaliber er geschossen hat. Sie wissen es, weil Sie Fachmann sind und sich in solchen Dingen genau auskennen. Und wenn ich dann alles zusammen habe, dann zeigen Sie mir den Vogel und widerrufen Ihr Geständnis.« Pinneberger Argumente purzelten durcheinander, er hatte sehr schnell gesprochen.

Schlink zog die Augenbrauen hoch.

»Dafür ist mir die Geschichte viel zu ernst«, erwiderte Dr. Stenzler leise.

Der Oberkommissar erhob sich. »Gehen wir los. Schlink, Sie kommen mit. Ich will jeden Moment einen Zeugen dabeihaben. Wenn Sie es nicht anders wollen, Dr. Stenzler.«

Auch der Gerichtsgutachter erhob sich.

»Vielleicht sollte ich Ihnen doch Handschellen anlegen lassen«, sagte Pinneberger.

4

Noch nie war ein geständiger Mörder so freundlich beim Leiter der Kriminalpolizei empfangen worden.

Sie tranken Tee zusammen.

Lang erkundigte sich nach der Familie, nach dem Wetter und nach Urlaubsplänen, nach der Atmosphäre im Fernsehstudio. Schließlich wäre Kriminaldirektor Lang auch gerne mal in der Talkshow aufgetreten. Er bearbeitete schon seit einiger Zeit seinen Pressesprecher Harms, beim heimischen Sender anzufragen.

Pinneberger und Schlink mussten im Vorzimmer warten.

Es hatte einen kurzen Streit darüber gegeben, aber der Vorgesetzte entschied, dass er mit Dr. Stenzler alleine sprechen wolle.

Schlink fragte seinen Kollegen, warum so streng nach Hierarchie verfahren würde.

Pinneberger sagte: »Der Dienstweg ist die einzige Straße, die befahren werden darf.«

Die Sekretärin nickte. Stumm.

Die Nachfrage seines neuen Assistenten gefiel Pinneberger. Er hätte gar nicht gedacht, dass ein Aktenfresser ein Gespür für Oben und Unten hat.

Sie konnten durch die gepolsterte Tür nicht hören, was Lang und der Gerichtsgutachter besprachen.

»Aber lieber Stenzler«, sagte der Kriminaldirektor und beugte sich zu ihm hinüber, »mir können Sie doch sagen, was Sie mit diesem vorgetäuschten Geständnis bezwecken wollen. Nein, sagen Sie nichts. Ich weiß es. Sie wollen Rache, nicht wahr? Sie wollen endlich einmal Richter sein, ja? Jetzt soll die Jurisprudenz aufhorchen, weil sie einen Irrtum begangen hat. Sie stellen sich als Mörder hin, damit die Richter ihren Fehler zugeben müssen, ist es so?«

Kriminaldirektor Lang hatte in seiner Karriere kaum kriminalistische Erfolge vorzuweisen, war jahrelang im Personalwesen tätig, hatte Seminare in Personalführung und Betriebspsychologie geleitet, wurde gelegentlich auch als der einzige Polizeipsychologe Norddeutschlands bezeichnet.

Dr. Stenzler legte ein Bein über das andere und verschränkte die Arme vor der Brust.

Er schwieg.

»Ich kann das gut verstehen, Sie haben jahrelang Gutachten gefertigt, haben versucht, Licht in das Dunkel der Motive zu bringen, haben sicherlich mehr mit den Tätern zu tun gehabt als jeder Richter, der nachher das Urteil spricht, und mussten oft zusehen, wie Ihrer Meinung nach unschuldige Menschen verurteilt wurden. Das macht mürbe, nicht wahr? Und nun ist Ihnen der Geduldsfaden gerissen, ist es so?«

Lang hatte einige Flecken in seinem rundlichen Gesicht, dabei war seine Intonation ganz ruhig, sanft. Sein grauer Anzug, von dem er mindestens ein Dutzend Exemplare auf einmal gekauft haben musste, saß korrekt in der Bügelfalte, nur die Brusttasche war immer etwas ausgebeult. Im Polizeipräsidium ging das Gerücht, dass Lang dort stets ein kleines Tonband bei sich trug.

Der Gerichtsgutachter holte Luft.

Er blickte an Lang vorbei.

Sie kannten sich seit mehr als zwanzig Jahren, hatten nicht sehr viel miteinander zu tun, aber trafen sich auf Geburtstagen. Es war ein Wunder, dass sie sich nicht duzten.

»Lieber Stenzler, machen Sie es mir nicht so schwer, was sollen wir nun tun? Ich kann doch nicht zulassen, dass Sie ins Gefängnis wandern ...«

»Ich kenne Gefängnisse gut.«

»Und wir dann die ganze Sache aufrollen müssen, um am Ende festzustellen, dass Sie es gar nicht gewesen sein können. Wir machen uns doch lächerlich.«

Dr. Stenzler war nicht zu bewegen, den Kriminaldirektor anzusehen. Lang nahm seinen Stuhl, das hatte er in seinen Seminaren gelernt, und setzte sich direkt vor den Gutachter.

»So, jetzt mal von Mann zu Mann, und keine Ausflüchte mehr.« Lang etwas schärfer: »Haben Sie Döhler umgebracht?«

Der Gerichtsgutachter nickte.

»Was waren Ihre Gründe?«

»Darüber will ich schweigen. Das wird erst im Prozess zur Sprache kommen.«

»Herr Dr. Stenzler, es wird zu keinem Prozess kommen. Wir werden Ihnen in zwei Tagen nachweisen, wo Sie zur Tatzeit waren, und dann zerplatzt das alles wie eine Seifenblase.«

»Das glaube ich nicht.«

Lang stand auf, machte ein paar Schritte zur Tür. Auch das hatte er aus einem Rollenspiel im polizeilichen Führungsseminar: das Gegenüber denken lassen, die Sache ist ausgestanden und dann erneut ansetzen.

Er drehte sich um.

»Ich kannte einen Gerichtsgutachter Stenzler, der wusste, wie schwierig Rechtsprechung ist, der machte sich seine Gedanken über Justiz und Strafe und das problematische Amt der Vergeltung, biblisch gesprochen, Rache. Ein schlauer Kopf, dieser Stenzler. Wissen Sie, was aus ihm geworden ist?«

Dr. Stenzler blieb unbeeindruckt. Er starrte aus dem Fenster. An diesem Morgen stießen zum ersten Mal ein paar Sonnenstrahlen durch die grauen Wolken, und in der Hansestadt glaubte man, der Frühling sei ausgebrochen.

Michael Adler wusste nicht, ob er das, was der Fernsehdirektor gerade gesagt hatte, als Lob oder Rüge auffassen sollte.

Die Redaktion stritt darüber, wer zur nächsten Talkshow eingeladen werden sollte.

Der Eklat in der letzten Sendung war fast eine Woche lang Gespräch in der Fernsehanstalt, die, mit sehr bescheidenen Mitteln ausgerüstet, immer wieder überraschende Produkte lieferte.

Der Abgang des Gerichtsgutachters war so etwas wie ein Highlight, wenn auch ein ungewolltes. Schon zweimal wurde die Szene in anderen Programmen wiederholt, was einer Auszeichnung gleichkam, und jedes Mal fiel ein wenig Aufmerksamkeit auch auf Michael Adler, dem diese Rolle gefiel.

Dass er fast jeden Tag von einigen Mitarbeitern neidisch angemacht wurde, bereitete ihm ebenfalls Freude.

»Also, warum bist du so gegen diese Sängerin, Michael, komm, lass es raus.« Der Abteilungsleiter klopfte mit seinem Kugelschreiber auf den Glastisch.

Adler konterte: »Ich weiß schon, was du willst. Die Frau ist zwanzig Jahre aus dem Geschäft, und nun hat sie einen kleinen Hit. Was soll die schon viel bringen, Erfolgsstory vierhundert-und-zwei, ich kenne jede ihrer Antworten.«

Talkshows lebten von Public Relation. Wer ein Buch geschrieben hatte, wurde eingeladen, wer eine Platte besungen, einen neuen Film gedreht, da konnte man gleich einen Ausschnitt zeigen, wer einen flotten Spruch gemacht, wer sich mal einen Zentimeter aus dem Konsens seiner eigenen Partei gewagt hatte, Sportler waren immer beliebt, besonders, wenn sie gesiegt hatten.

»Aber die Frau ist doch sehr lecker«, sagte der Fernsehdirektor. Er zeigte das neueste Foto, das die Schallplattengesellschaft mit dem Pressematerial geschickt hatte.

»Hör auf mit diesem Chauvi-Sound«, erwiderte die einzige Redakteurin in der Männerrunde.

»Was hast du gegen hübsche Frauen, Irene?« Der Abteilungsleiter grinste sie an.

Der Fernsehdirektor ging wieder dazwischen: »Michael, ich will Argumente haben, nicht Ausflüchte. Ich glaub', bei der ist was zu holen. Und den Hit, gut, den kann sie ablassen, das freut die Menge auch.«

Adler wollte sich nicht schon wieder einen Gast vorschreiben lassen, mit seiner frisch gestärkten Position brauchte er das auch nicht. Er sagte, er wolle mehr gebrochene Figuren, mehr Widersprüche in der Sendung, Leute, die eben nicht einfach ein Produkt abliefern und dann noch ein paar persönliche Dönekes vom Stapel lassen. »Wir müssen unseren Ruf verteidigen, es soll kontrovers zugehen, da müssen auch mal Ecken in den Gesprächen sein, nicht immer nur so glattes, abgewichstes Zeug.«

Der Fernsehdirektor sah den Abteilungsleiter an, der schüttelte den Kopf.

Seitdem Adler diesen Zufallserfolg, so hatte es der Fernsehdirektor genannt, verbuchte, war seine Reputation gestiegen. Jeder, der ein paar Jahre vor der Kamera gestanden hatte, glaubte, dass sein Wort auch in jeder anderen Situation Gewicht hatte. *Schließlich war man wer.* Mancher Politiker neidete Moderatoren ihr Standing in der Öffentlichkeit, ihre Medienpräsenz, das Gerede hinterm Rücken. *Geht da nicht der ...*

»Um es auf den Punkt zu bringen, Michael. Ich habe den Stenzler in die Sendung gebracht, und es war ein verdammt langweiliges Gespräch, das du mit ihm geführt hast. Du hast ihn viel zu lange ausreden lassen. Monologe, Monologe. Wenn der nicht plötzlich dieses Ei gelegt hätte, dann wär alles wie ein Soufflé in sich zusammengekracht.«

Adler schlug zurück. »Also hast du es gewusst!« Er sah den Fernsehdirektor an. Sein längliches Gesicht mit der spitzen Nase, die dünne Nickelsilber-Brille, deren Gestell mehrere tausend Mark gekostet hatte, der Anzug aus französischem Hause, ein Beau, der sich um die Kommentare in den späten Abendnachrichten riss. Neid, Feigheit, Eitelkeit – so umschrieb ein kluger Journalist die drei Säulen, die öffentlich-rechtliche Anstalten tragen.

Der Fernsehdirektor nickte, sagte aber nichts.

»Hast du es gewusst oder nicht?«

»Was soll's! Ich habe ihn auf einer Gesellschaft beim Ersten Bürgermeister kennengelernt.« Er betonte die altmodische Bezeichnung dieses Amtes. »Er hat mir gefallen und mich direkt gefragt, ob er nicht mal in unserer Talkshow auftreten dürfte. Er war ein geeigneter Interviewpartner, also habe ich ihn auf die Liste gesetzt.«

»Hat er was von diesem Ei erwähnt oder nicht? Das will ich jetzt wissen.« Adler zupfte an seinem Schnauzbart.

Ein Ei legen, so nannten es die Redakteure, wenn ein Gast mit einem provokanten Detail auf sich aufmerksam machen wollte.

Fernsehgeschichte machte der Auftritt der legendären Rockgruppe *Ton, Steine, Scherben*, die mitten in einer Live-Diskussion ein Beil herausholte und den Moderatorentisch zu Kleinholz verarbeitete.

Der Fernsehdirektor schwieg. Er nahm das Bild der Sängerin und schob es Adler zu: »Die kommt, damit das klar ist.«

Grünenberg wartete seit zwei Stunden.

»Meister der Feder«, hatte die piepsige Stimme gesagt, »es kann etwas dauern.«

Er saß im Wall-Café und hatte beschlossen, so lange dort sitzen zu bleiben, bis sich etwas rührte.

Erst hatte er Kaffee getrunken, dann sein erstes Bier bestellt, niemals vor fünf Uhr nachmittags, die blaue Stunde, dann gab es die kleine Lage, Bier und Korn. Irgendwann war es ihm egal gewesen, ob sich die piepsige Stimme nochmal meldete.

Der Anruf hatte ihn dann alarmiert.

»Ich bin in zehn Minuten da. Gut, dass Sie ausgeharrt haben.«

Grünenberg ging an der Theke vorbei und sah in den Auslagen, dass der Kuchen schon ein wenig an Glanz verloren hatte. Er brauchte dringend etwas zu essen, um den Suff zu stoppen. Er bestellte ein großes Baguette mit Schinken und Käse.

»Warm?«, fragte die Bedienung.

»Von mir aus«, antwortete Grünenberg.

Meister der Feder, was der Anrufer nur mit diesem Titel bezweckte, es schmeichelte ihm, keine Frage. Edelfedern nannte man die Kollegen in der Branche, die in den großen Wochenzeitungen und Magazinen besonders ehrenvoll kommentieren durften. Wenn er allerdings deren Elaborate auseinanderpflückte, war es oft nichts als Wortgeklingel. Wie anders wird man auf ihn schauen, wenn sein Bestseller erschienen war. Tage des Triumphes …

Das Baguette war kalt, und der Schinken hatte schon bessere Zeiten gesehen.

»Herr Grünenberg«, der Mann, der vor seinem kleinen Marmortisch stand, hielt ein Kuvert in der Hand.

»Ja, bitte.« Grünenberg kaute weiter.

»Das soll ich Ihnen geben.« Der Mann trug einen blauen Anorak.

»Von wem?« Grünenberg versuchte das trockene Brot zu zerkauen.

»Keine Ahnung! Mir hat unten auf der Straße jemand das hier gegeben und gesagt, für den Dicken am Fenster und hat mir einen Zehner in die Hand gedrückt. Schnelles Geld, nicht?«

Der Mann im blauen Anorak strahlte.

»Wie sah er aus?« Grünenberg hatte endlich den Mund frei.

»So ein kleinerer Herr.« Der Mann zeigte die Größe.

»Was hatte er an?«

»Das ging zu schnell.«

»Aber irgendwas...«
»Er trug eine Baskenmütze, ja bestimmt.«

Grünenberg nahm das Kuvert, rief der Bedienung zu, dass er gleich wiederkomme und zahle, und rannte die eisernen Stufen der Wendeltreppe hinunter.

Ein kleiner Mann mit Baskenmütze, dachte er, *der wird sich doch finden lassen.* Trotz seines erheblichen Übergewichtes war Grünenberg schnell auf den Beinen. Selbst die leichte Schlagseite, die er sich durch den Alkoholgenuss zugefügt hatte, bremste ihn nicht.

Die Baskenmütze, am Ende des Walls.

Hab' ich Glück gehabt, dachte Grünenberg, *man muss eben eine Nase haben.*

Ein kleiner Herr, heller Anzug, braune Schuhe. Er bog in die Knochenhauerstraße ein.

Französischer Geheimdienst, dachte Grünenberg, *was machen die in der Hansestadt?*

Auf dem Umschlag stand in dieser schnörkeligen Handschrift sein Ehrentitel. Meister der Feder.

Der Mann raste los.

Grünenberg versuchte zu folgen, aber es fehlte ihm die Kondition.

Sein Herz pochte laut.

Grünenberg keuchte, stoppte ab, verschnaufte.

Er riss den Umschlag auf.

Ein Foto. Nur ein Foto. Kein Anschreiben, kein weißes Blatt. Nur ein Foto.

Drei Herren, davon zwei uniformiert.

Militärs.

Es waren russische Militärs, kein Zweifel. Obere Ränge. Rote Streifen an der Mütze.

Sterne am Kragenspiegel.

Ein Zivilist in der Mitte. Strahlende Gesichter. Gute Wodka-Laune.

Grünenberg war enttäuscht.

Was soll ich mit einem Foto anfangen, dachte er, *auf dem zwei russische Soldaten mit einem Zivilisten zu sehen sind?*

Das Bild war auf einem Platz aufgenommen, den Grünenberg nicht identifizieren konnte.

Dann erkannte er den Zivilisten.

Müller.

»Das kann doch nicht wahr sein«, rief Grünenberg aus, ohne darauf zu achten, dass ihn Passanten anstarrten.

5

Es regnete am Sonntag. Wie meist an freien Tagen. Ernste Gesichter, als sei Staatstrauer angesagt. Kaum ein Gelächter zu hören.

Die Stadt war leise, es fielen wichtige Entscheidungen. Die Parteien boten für Gehschwache ihren Abholservice an. Stimmenfang.

Mit mehreren hunderttausend Mark hatten die Parteien in der Hansestadt einen ruhigen Wahlkampf geführt. Zahltag immer wieder sonntags. Nun sollten sich die Investitionen lohnen. Ein sauberes Geschäft. Schließlich wurde jede Stimme mit einem Fünf-Mark-Stück belohnt.

An den Wahllokalen stellten sich die Einwohner an. *Wir gehn wählen, Amen.* Alle vier Jahre wieder. Sie kamen im Sonntagsstaat.

In Schulen, Lokalen, Ämtern standen die Urnen, in denen die Stimmen beerdigt wurden.

Wie Analphabeten machten die Einwohner ihr Kreuz. Die Wahlhelfer erklärten denjenigen, die nichts mit dem Stimmzettel anzufangen wussten, wie sie ihr Kreuz machen müssen.

Keine Parolen zum Wahlboykott.

Keine Flugblattverteiler vor den Lokalen, keine Polizei. Alles ruhig und ernst. Wahlsonntag.

Und dann die strahlenden Gesichter der Einwohner, wenn sie gewählt hatten. Die Erleichterung, das Lachen. *Wir haben gewählt. Amen.*

Die Regierungspartei bekam neue Mehrheiten. Der Wendekanzler war zufrieden.

In der Hansestadt machten einige Viertel ihr Kreuz im falschen Feld. Wo Pinneberger wohnte, erreichten die Grünen dreißig Prozent der Stimmen. Sensationserfolg.

Als der Oberkommissar abends, nachdem die Elefanten im Fernsehen ihre Meinung gesagt hatten, bei Lindow anrief, war diesem das 1 zu 1 gegen Köln wichtiger als die Wahlprozente bei der neuesten Hochrechnung. »Einen UEFA-Platz schaffen wir auf jeden Fall, aber auch die Vize-Meisterschaft ist noch drin.«

Wo Lindow wohnte, hatte die seit Jahren die Hansestadt regierende Partei ihre satte Mehrheit behalten.

An diesem Abend machte sich Lang Gedanken, was er nun mit Stenzler anfangen sollte. Nach getaner Wahl bat er den Polizeipräsidenten auf ein Glas Wein in seine Wohnung. In ihrem Viertel hatten die Konservativen zugelegt. Als Mantz dann kam, sprachen sie lange über die Nachfolge des Innensenators, denn es gab Gerüchte, dass der sein Amt nach der nächsten Bürgerschaftswahl niederlegen wollte.

Ein ruhiger Wahltag. Auch die Polizeikräfte konnten in den Revieren bleiben. Ab dafür.

An diesem Sonntag hatte sich Grünenberg viel vorgenommen. Er fastete.

Sein Bauchfett war ihm lästig. Zu oft schwitzte er seine Hemden durch, ohne dass er sich besonders anstrengte. Und was das Schlimmste war, die Hosen spannten am Bauch.

Er wollte ein ganzes Kapitel seines Bestsellers schreiben: *Wie machen Politiker auf sich aufmerksam*. Schon am Tag zuvor hatte er sich Notizen zu diesem Thema gemacht.

Ein Senator gab immer donnerstags seine Pressekonferenz, die zu einer Institution wurde. Die Journalisten waren gespannt, was er dabei auftischte. Die Hinterbänkler der Parteien brauchten besondere Anstrengungen, um überhaupt in die Presse zu kommen: mal war es ein besonderes Fachgebiet, die Beseitigung von Tierkadavern, mal besondere Freigebigkeit, manche luden ständig Presseleute in die Cafeteria der Bürgerschaft ein, mal besonders heftige Zwischenrufe, denn kaum einer von ihnen wurde ans Rednerpult gelassen. Obwohl in der Hansestadt hundert Abgeordnete die Bürgerschaft bildeten, waren nicht mehr als ein Dutzend medienöffentlich bekannt.

Schon nach zwei Stunden verspürte Grünenberg einen solchen Hunger, dass er mehrfach zum Eisschrank pilgerte, ihn aufmachte, feststellte, dass er leer war, und wieder zurück an seine Schreibmaschine ging. *Nicht mal eine vertrocknete Bio-Möhre. Zum Verzweifeln.* Wie lange würde er diese Null-Diät einhalten können. Ein klitzekleiner Schokoriegel, nichts da.

Politikergesichter prägten sich schwer ein. Ein Sprachfehler konnte nützlich sein oder eine gewagte Frisur. Einer trug sein Haupthaar mit einer solchen Eleganz, dass man glauben musste, er werde täglich vom Friseur gestylt.

Gegen drei Uhr nachmittags ging das Telefon. Seitdem der Journalist das Foto zugestellt bekommen hätte, schaltete er vor jedem Anruf sein Tonband ein.

»Grünenberg«, sagte er zackig, alle drei Silben betonend.
»Sie waren überrascht, was? Mehr Material am Mittwoch.«
»Eine Frage, bitte.« Grünenberg reagierte sofort.
»Keine Fragen.«
Der Teilnehmer hatte aufgelegt.

In der Eile war Grünenberg gar nicht aufgefallen, dass die Stimme nicht piepste. Erst als er das Band zum dritten Mal abhörte, merkte er es. Er konnte den Anrufer nicht identifizieren. So oft er auch das kurze Stück abspielte, diese Stimme kannte er nicht.

Mittwoch, verdammt lang hin.

Es bestand für Grünenberg kein Zweifel, dass der Anrufer auf das Foto anspielte. Er holte es aus dem kleinen Hefter, in dem schon der erste Brief und der Zettel lagen.

Was hatte der Leiter des Landesamtes für Verfassungsschutz mit russischen Offizieren zu tun?

Grünenberg ging zum Eisschrank.

Leer.

Ich könnte was essen gehen, dachte er, da würden ihm besonders gute Einfälle kommen.

Aber er blieb standhaft.

Politiker brauchen einen Skandal, um wirklich bekannt zu werden. Nicht zu groß, das kann einen auf Dauer beschädigen, aber auch nicht zu klein, dann geht er in den anderen Skandalmeldungen unter. Der gute Mensch als Politiker zieht nicht mehr. Kleinere Flecken auf der Weste machen interessant. Und wenn die Journalistenmeute hinter vorgehaltener Hand darüber spricht, dass dieser oder jener Abgeordnete ein besonders wüster Zeitgenosse ist, umso besser. Natürlich erfahren die Leser davon selten etwas.

Grünenberg hatte sein Schreibtempo erreicht. Er tippte heftig, griff immer wieder in die Maschine, um die Typenhebel zu entwirren, die Finger schon gefärbt von dem violetten Farbband. Dann fiel ihm der Anruf ein.

War es ein abgekartetes Spiel? *Da will jemand den Müller abschießen, und ich soll die Pistole sein,* dachte er. Grünenberg ging die möglichen Absender dieser gezielten Aktion durch. Es ging nicht so sehr um die Behörde, die ja lieber nicht im Rampenlicht stand, sondern um den Amtsinhaber, und der hatte einige Feinde in der Stadt. *Ich muss vorsichtig sein.* Mittwoch mehr Material.

Er starrte auf die Uhr.

Eine Minute vor fünf.

Der erste Schluck.

Grünenberg holte die Whiskyflasche, schraubte sie langsam auf, ohne den Sekundenzeiger aus den Augen zu lassen. So eine Uhr war doch eine zuverlässige Institution. *Was ich esse, kann ich auch trinken*, war einer seiner Sprüche, wenn er dienstags mit seinem Vorgänger Bollmann durch die Kneipen zog. Seit Jahren stand der Weg fest, die Reihenfolge wurde nie geändert. Nur einmal waren sie überrascht, als eine der Kneipen in der Innenstadt wegen Renovierung geschlossen hatte. Sie polterten auf der Straße, hämmerten an die Holztür. Wie zwei Jungs, denen man die Spielzeugpistolen weggenommen hatte.

Gewohnheitsmäßig schaltete Grünenberg um sechs Uhr den Fernseher an. Wahlberichterstattung, auf dem einen Kanal mit Sport, auf dem anderen mit Schlagern serviert, dazwischen ein paar wirklich ernste Komiker. Die Hochrechnungen, die ersten Stimmen, die schnellen Kommentare, dann wieder Tore und Geträller. Am Interessantesten waren die kleinen Pannen, sonst lief alles wie gehabt.

Seitdem das Fernsehen in dieser Weise von den Wahlen in Bund und Ländern berichtete, kam es nur noch auf das Endergebnis an. *Wer siegt wann gegen wen,* hieß die Devise. Am meisten machten die Journalisten auf sich aufmerksam, die sich mit heftigen Fausthieben um die ersten Interviews mit den Spitzenpolitikern keilten. Man hätte auch das Ergebnis verkünden können, ohne dass eine Wahl stattfand. Es wäre niemand aufgefallen.

Grünenberg schlief ein. Kurz nach der Tagesschau.

Der Sonntag hatte ihn zu sehr belastet.

Er träumte von einer Schokoladentorte mit Schlagsahne und vier Stück Butterkuchen.

An diesem Wahlabend saß der Bürgermeister und Senatspräsident mit seinen Parteifreunden im Büro des Landesbezirkes zusammen. Sie hatten ein paar Prozente auf Bundesebene verloren, was der Bürgermeister vor den Kameras des regionalen Fernsehens mit einem Lächeln abtat. »Man kann nicht immer die absolute Mehrheit haben!« Im vertrauten Kreis später schimpfte er los: »Wir werden uns verdammt noch mal mehr anstrengen müssen, wenn wir im Herbst bei der Bürgerschaftswahl nicht ins Hintertreffen geraten wollen.«

Danach fand sich die Skatrunde zusammen.

Alle Parteifreunde, die zu diesem Kreis Zutritt hatten, stellten in der Hansestadt etwas dar. Die Vorsitzenden der Einzelgewerkschaften und der DGB-Kreisvorsitzende waren Parteimitglieder, die Leiter der großen Krankenhäuser auch, sogar der Manager des größten Sportvereins war anwesend.

Mantz nahm sich noch einmal Müller zur Brust. »Ich weiß ja nicht, ob Sie das mitbekommen haben. Großalarm wegen vergiftetem Bienenstich. Wir mussten jeden verfügbaren Streifenwagen losschicken, um über hundert Senioren einzufangen und in die Krankenhäuser zu verfrachten. Stellen Sie sich mal vor, so eine Aktion wäre während unseres verpatzten Wahlkampfeinsatzes vonnöten gewesen. Nicht vorzustellen. Sie müssen ihre Leute besser unter Kontrolle haben. Wir haben doch nichts davon, dass hier ständig von gewalttätigen Aktionen gefaselt wird und dann ist alles nur heiße Luft.«

»Sie haben recht«, sagte Müller und dachte: *Der will jetzt mich zum Sündenbock machen.* Der Leiter des Verfassungsschutzes wusste, dass sein Ansehen in der Partei nicht besonders groß war. Wahrscheinlich hat der Polizeipräsident das auch dem großen Manitou erzählt.

»Passe«, rief der Bürgermeister, der nicht mitbekam, was hinter seinem Rücken geschah.

Die beiden Bundestagsabgeordneten, die seit Jahren zu seinen bevorzugten Skatbrüdern zählten, hatten die Krawatten gelockert. Die Zeit der Fernsehinterviews war vorbei.

Der große Manitou legte die Karten hin.

»Ich würde zu gern wissen, was unser Vorsitzender

heute Abend denkt. Der Wendekanzler ist bestätigt, jetzt heißt es, warm anziehen. Das kann lange dauern. Eine Durststrecke für uns.«

Wie zufällig stellte sich Müller in die Nähe des Holztisches, an dem die Skatbrüder reizten.

»Wenn die erst mal das Zepter in der Hand haben, dann geben sie es so schnell nicht wieder ab«, sagte der ehemalige Bezirksvorsitzende der Chemie-Gewerkschaft, der jetzt die Partei in der Hauptstadt vertrat.

»Opposition, ich komme schon«, ergänzte der andere, »und jetzt wird Null-Ouvert gespielt.«

Müller kiebitzte.

Wie jede Wahl brachte auch diese das Personalkarussell ins Drehen. In den verschiedenen Grüppchen, die in diesem Parteilokal miteinander tuschelten, wurden Namen verhandelt, Auf- und Abstiege geklärt, Posten und Positionen besprochen, Lehen verteilt.

Besonders erfreut waren die Parteimitglieder immer über die natürlichen Abgänge, aus gesundheitlichen Gründen, aus Altersgründen, auch Sterbefälle waren willkommen. Wenn irgendwo einer von ihnen nachrückte, kam die ganze Karawane in Bewegung.

Müller trat noch einen Schritt näher an den wichtigsten Tisch des Abends.

Der Null-Ouvert ging in der fünften Runde verloren, weil der Manitou eine Herz Acht behalten hatte.

Jetzt wurde gerechnet.

»Ich habe einen wunderbaren Witz aus der Baracke gehört«, sagte der Bezirksvorsitzende, »alle Abgeordneten müssen ins Schwimmbad und zwanzig Bahnen ziehen. Wer es nicht schafft, wird Bundestagspräsident.«

Alle lachten.

»Müller, spionierst du hier rum.« Der Bürgermeister machte eine schnelle Handbewegung.

Müller lachte besonders laut, aber es half nichts. Er wurde fortgescheucht.

Ich brauche einen Erfolg, dachte er, *und zwar möglichst bald*. Er sah zu Mantz hinüber, der mit seinem dicken Pfeifenkopf eine ganze Skatrunde einnebelte.

»Ihr sollt mal sehen, wenn wir die Meisterschaft holen, dann ist auch die nächste Wahl im Kasten«, trumpfte der Manager der Werdermannschaft auf. Immerhin war er Landesvorsitzender der Partei gewesen.

Müller suchte Anschluss, aber niemand fand sich, der mit ihm ein Gespräch anfangen wollte.

Wie ein Aussätziger fühlte er sich behandelt.

Nur der Polizeipressesprecher Harms erbarmte sich.

Sie sprachen über den bevorstehenden Verfassungsschutzbericht und wie man ihn am besten der Öffentlichkeit verkaufen könnte.

»Es müssen ein paar schockierende Fakten drin sein«, sagte Harms, »sonst interessiert es niemand.«

Müller nickte.

»Irgendeinen Knüller?«

Der Leiter des Verfassungsschutzes schüttelte den Kopf.

»Dann lassen Sie sich was einfallen!« Harms trug ein Toupet, das sich leicht hob, wenn er aufgeregt war. »Wir müssen das würzen. Sie verstehen, was ich meine.«

Müller dachte daran, dass er selbst Würze brauchte. Hier standen Feinde, auch wenn es sich um Parteifreunde handelte.

»Und so seh' ich von hinten aus«, brüllte der Bürgermeister und legte sein Blatt hin. Er hatte den Grand gewonnen.

Beifall der umstehenden Kiebitze.

6

Stenzler hatte kein Alibi für die Tatzeit. Er war weder im Gericht, wo er an einer Sitzung der Gutachter hätte teilnehmen sollen, noch in seinem Tennisclub, dort war er schon lange nicht mehr aufgetaucht.

Pinneberger geriet ins Zweifeln.

Der Auftrag von Lang war eindeutig: »Entlasten Sie Stenzler auf jeden Fall. Es wird doch nicht so schwer sein, ein paar Gründe zu finden, warum er es gar nicht gewesen sein kann.«

Dienstagmorgen und keine Entlastung in Sicht. Das Polizeipräsidium roch nach Bohnerwachs, die Bewegungen der Beamten träge.

Nur Schlink zeichnete sich durch ein paar gute Einfälle aus. Er hatte übers Wochenende noch mal den ganzen Fall Döhler studiert und kam mit unbequemen Neuigkeiten.

»Stenzler hat ihn gekannt, da bin ich ganz sicher. Ich hab' mir sein Gutachten durchgesehen, das er über den Konz angefertigt hat. Da stehen Sachen drin, die nur jemand wissen kann, der Döhler auch persönlich kannte.«

»Aber das ist doch unmöglich!« Pinneberger goss die Blumen, die auf dem Fensterbrett für eine behagliche Stimmung im Büro sorgen sollten.

Der Fahrradhändler Döhler hatte mehrere Geschäfte in der Stadt. Konz war sein größter Konkurrent, weil er mit einem Radsupermarkt Dumpingpreise bot. Was aber vor Gericht am meisten zählte, war, dass Konz bei Döhler gelernt hatte, jahrelang die rechte Hand des erfolgreichen Kaufmanns war und auch dessen älteste Tochter geheiratet hatte. Das Gericht nahm an, dass Konz mit dem Mord eine Rechnung begleichen wollte.

»Und wieso hat Stenzler den Ermordeten gekannt, woher willst du das wissen?«

»Er hat dort seine Fahrräder gekauft und stets gute Rabatte erhalten. Sagt ein Verkäufer. Ich hab' ihm ein Bild von Stenzler gezeigt, er hat ihn eindeutig wiedererkannt. Hat gesagt, der war ein paarmal beim Chef drin.«

Schlink sah wie ein Musterschüler aus, der seine Hausaufgaben präsentierte. Voller Stolz.

»Aber man bringt doch keinen um, wenn man einen Rabatt bekommt, oder?«

Pinneberger streichelte die Bananenpflanze, die jeden Monat brav ein Blatt produzierte und es dann mit eleganter Drehung ausrollte. Nur Früchte wollten sich in diesem Klima nicht einstellen.

»Stimmt«, erwiderte Schlink, »aber zumindest hat er den Ermordeten gekannt.«

Pinneberger setzte die Gießkanne ab.

»Ich weiß nicht, ob dir klar ist, wie unser Auftrag lautet, Joe, nein, entschuldige, Karl!« Jetzt war ihm schon wieder der Vorname seines früheren Assistenten herausgerutscht. »Der Lang hat doch ganz eindeutig gesagt, wir sollen Stenzler entlasten, nicht belasten.«

»Ich weiß, aber das hindert uns doch nicht an der Wahrheitsfindung, oder?«

Die Methoden waren die gleichen, man konnte ein Alibi aufbauen oder zerstören, einen Verdacht begründen oder entkräften, ein Motiv erforschen oder verwerfen. Obwohl die Kriminalpolizei oftmals nur in einer Richtung tätig wurde.

Karl Schlink nahm seine Brille ab und putzte sie mit dem Ende des Schlipses.

»Ist denn so ein Auftrag bindend, ich meine, wir müssen doch jetzt der Beziehung zwischen Stenzler und Döhler nachgehen. Es könnte doch sein, dass dieser Mann tatsächlich ...«

»Spinn hier nicht rum!« Pinneberger wurde sauer, obwohl er eine gewisse Achtung vor Schlinks Vorgehen verspürte.

»Sieh mal, Fritz, ich denke so: Wenn Stenzler alles tut, um als Gerichtspsychologe den Tatverdächtigen zu entlasten, und der Mann wird trotzdem verurteilt, dann legt die Verteidigung Revision ein. Also wird die Sache noch mal verhandelt, alles noch offen. Jetzt macht Stenzler einen grandiosen Schachzug, er bezichtigt sich selber. Jeder denkt, und ich auch, der ist es nie und nimmer gewesen, wir finden auch nichts. Besser könnte doch ein kluger Mörder nicht vorgehen, oder? Wenn er es wirklich getan hat und sich ganz sicher ist, dass er nicht entdeckt werden kann...«

Pinneberger holte tief Luft und ließ sie geräuschvoll aus seinen Lungen.

»Da sind mir zu viele Wenns drin, Karl. Wir brauchen ein Motiv, und da hapert es.«

»Aber du bist bereit, wenigstens mal diese Hypothese durchzudenken, ja?«

Schlink strahlte.

Der Mord an Döhler, der an einem Novembermorgen in den Wallanlagen geschah, war kein besonders verwickelter Fall gewesen. Der Mann wurde aus kurzer Entfernung erschossen, drei Schüsse in den Rücken. Tatzeit: zwischen ein und drei Uhr früh. Kein Zeuge in der Nähe. Auch die Einwohner in der Contrescarpe hatten nichts gehört. Gegen elf Uhr tauchten Beamte bei Konz auf, der sich noch in der Wohnung befand, sie sagten, er sei etwas angetrunken gewesen. Konz sagte aus: »Ja, ich hab' diesen alten Schmierlappen umgelegt, weil er meine Frau nicht in Ruhe ließ, ständig hat er versucht, über sie meine Geschäfte zu torpedieren. Es war die reine Hölle. Und alles nur, weil er verloren hat. Ich hab' ihn auf seinem Feld geschlagen. Ich mache fast doppelt so viel Umsatz. Das hat er nicht vertragen und meine Ehe zerstören wollen. Übrigens, die Waffe liegt im Wallgraben.« Gegen vierzehn Uhr hatten Polizeitaucher den Revolver gefunden. Fast eine Woche blieb Konz bei dieser Darstellung und dann widerrief er sein Geständnis. Es kamen weitere belastende Indizien hinzu. Konz war am Abend vor der Tat bei Döhler gewesen, es hatte Streit gegeben, dafür gab es Zeugen, es soll sogar zu Handgreiflichkeiten gekommen sein. Die Frau von Konz sagte aus, dass immer eine aggressive Stimmung zwischen ihrem Mann und ihrem Vater war, seit der Fahrradsupermarkt aufgemacht worden war. »Die haben sich richtig bekriegt«, sagte sie vor Gericht. Konz erklärte sein Geständnis mit einer momentanen Verwirrung, er habe seinen Schwiegervater gehasst und deswegen geglaubt, er könne es tatsächlich gewesen sein. »Dass die Waffe im Wallgraben lag, war natürlich ein Witz. Ich konnte ja nicht annehmen, dass sie tatsächlich dort gefunden wurde.« Der Staatsanwalt hielt die ganze Geschichte für eine Zwecklüge.

»Wir müssen von der anderen Seite an den Fall heran.« Schlink legte das Lineal quer über die Gerichtsprotokolle. »Wir gehen mal davon aus, Stenzler ist tatsächlich der Mörder, vielleicht finden wir dann Entlastendes.«

Fritz Pinneberger mochte diese Wendungen seines neuen Assistenten, Schlink gefiel ihm, weil er nicht in den ausgefahrenen Bahnen dachte.

»Von mir aus, also lassen wir Stenzler kommen, was?« Pinneberger klatschte in die Hände.

Zwei Stunden später saß ihnen der weißhaarige Gerichtsgutachter gegenüber, ein leichtes Lächeln im Gesicht. Sein Anzug war gedeckt wie zu einer Beerdigung, seine Fliege war silbergrau wie bei einer Hochzeit.

»Meine Herren, wie kommen Sie voran?«, fragte Dr. Stenzler und legte ein Bein über das andere.

»Wir werden Sie in Untersuchungshaft nehmen«, begann Pinneberger das Gespräch, »schließlich sollte man Mörder nicht frei herumlaufen lassen.«

»Wie bitte?«

»U-Haft. Sie wissen doch, wovon ich rede.« Pinneberger stand hinter seinem Schreibtisch und sah über den Gutachter hinweg. »Aber Lang hat doch gesagt ...« Dr. Stenzler beugte sich ein wenig nach vorn.

Schlink schaltete sie ein: »Wollen Sie Ihr Geständnis widerrufen? Nur zu!«

»Nein, nein, keine Frage!« Der Gutachter hatte sichtlich mit einem anderen Gesprächsverlauf gerechnet.

»Gut, dann kommen wir mal zu einer anderen Frage. Wie wir wissen, haben Sie den Fahrradhändler Döhler persönlich gekannt, Sie waren dort Kunde, haben auch mehrfach mit Döhler gesprochen, wie ein Verkäufer mitteilte, also ein direktes Verhältnis zum Opfer. Was hat Sie veranlasst, ihn umzubringen? Geld? Erpressung? Eifersucht? Wer ein Geständnis ablegt, muss auch ein Motiv angeben, Herr Dr. Stenzler.«

Pinneberger war überrascht, dass er selbst schon mit Schlinks Argumenten operierte.

Er sah zu seinem Assistenten hinüber, der auf einem Blatt Papier die Aussagen festhalten wollte.

Aber es kam keine Aussage.

Der Gutachter schwieg.

Beharrlich.

Er nickte nicht mehr. Sein Lächeln unterblieb.

Er reagierte auf keine Frage mehr.

Nicht mal eine Regung.

Als sei er stumm geworden.

»Wir können auch anders, Herr Stenzler« Pinneberger verließ seinen Platz hinterm Schreibtisch.

Der Gutachter erstarrt.

»Lass ihn wegbringen, Karl«, sagte Pinneberger knapp.

Schlink legte den Kugelschreiber beiseite, erhob sich langsam und machte die paar Schritte. Er stand vor dem Stuhl, auf dem Stenzler saß.

Pinneberger bemerkte, dass sein Assistent ins Schwitzen geriet. Sie hatten einen Weg eingeschlagen, der Ärger machen würde, das stand fest.

Pinneberger fertigte eine Aktennotiz.

Als Schlink eine Viertelstunde später das Büro wieder betrat, sagte er: »Ich glaub', den haben wir angeknackst.«

»Aber wir haben wenig in der Hand, Karl, sehr wenig. Mach dich darauf gefasst, dass wir noch einiges mit Stenzler zu tun kriegen.« Und er fügte hinzu: »Das kann der auch alles gespielt haben.«

»Glaub' ich nicht, Fritz, als ich den rübergebracht hab', hat er gezittert.«

Schlink stapelte die Akten aufeinander, als sei der richtige Augenblick, um Ordnung zu schaffen.

Grünenberg wütete.

»Ist denn unsere Eins ein einziger Polizeibericht, nicht mal gut formuliert? Das ist so was von polizeifreundlich, immer nach dem Muster: Wie toll unsere grünen Jungs das wieder gemacht haben. Da könnten wir doch gleich deren Pressesprecher bitten, uns die Zeilen zu füllen.«

Es war nicht das erste Mal, dass Grünenberg feststellen musste, wie gerne sein Stellvertreter die erste Lokalseite vom Polizeireporter vollschreiben ließ. Da gab es dann einen besonders gelungenen Einbruch, eine besonders schlimme Vergewaltigung, eine besonders arme Drogentote. Und unter den kleinen Meldungen waren auch mindestens zwei oder drei aus dem Pressebericht der Polizei.

Seitdem Ritschel fürs Gericht zuständig war, hatte er seinen Fleiß erheblich eingestellt.

»Aber das wollen die Leute lesen!«, warf Kummer ein, »das brauchen wir wie das Salz in der Suppe. Glaubst du denn, mit politischen Sachverhalten kriegst du noch jemand dazu, unser Blatt zu lesen. Die Leute wollen wissen, warum der Nachbar X vom Nachbarn Y zur Strecke gebracht wurde, wie hoch die Rate der Wohnungseinbrüche ist und wie man sich dagegen schützen kann. Das ist Alltag, verstehst du, Klaus.«

»Solange ich hier Leiter bin, kommt das nicht mehr vor«, sagte Grünenberg barsch. »Ich werde dir das nachher schriftlich geben.« Kummer, der seit einem halben Jahr sein Stellvertreter war, steckte nicht zurück. »Du musst doch einsehen, dass wir unsere Leser bei der Stange halten müssen. Was glaubst du denn, wenn unsere Zeitung auf solche Berichte verzichten würde, und auch die Rätselecke und das Vermischte, und all die Sachen, denen du so wenig Bedeutung beimisst, die Abo-Abteilung würde dir rote Ohren machen, und der Verlagsleiter, davon will ich gar nicht reden.«

»Ich hab's gehört. Du wiederholst dich. Wenn ich noch einmal sehe, dass unsere Eins der reine Polizeibericht ist, und zwar immer dann, wenn ich meinen freien Tag gehabt hab', dann gibt es Zoff. Und jetzt schönen Dank für deinen Besuch, Kummer.«

Kaum hatte der stellvertretende Ressortleiter das Büro von Grünenberg verlassen, klingelte das Telefon.

Der Verlagsleiter war dran.

»Wunderbar, Grünenberg, wirklich wunderbar. Was für eine interessante Lokalzeitung Sie doch hinkriegen. Und die Eins, mein Kompliment. Das ist spannend und auch spannend geschrieben. Große Gratulation. Sie wissen ja, dass ich nicht gerne Komplimente mache, aber da musste ich Sie doch mal schnell anrufen. Weiter so.«

Die Erholung der letzten Tage war dahin.

Grünenberg legte den Hörer auf.

Wenn ich diesen Kummer erwische, wie er gegen mich intrigiert, dachte er, *dann schmeiß' ich ihn raus. Fristlos.* Das Schlimmste war, dass er sich diesen Kollegen zum Stellvertreter gewählt hatte.

Meistens entpuppten sich die Leute erst, wenn sie auf einem Posten saßen, nicht schon, wenn sie darauf warteten.

Drei Tage hatte er frei gehabt, aber die Arbeit an seinem Bestseller war nicht richtig vorangekommen. Er musste sich etwas Neues überlegen. Wenn er im Redaktionstrott war, konnte er abends kaum einen klaren Gedanken fassen. Es gelang ihm selten, sich nicht aufzuregen, sich weniger einzumischen, die redaktionelle Tätigkeit einfach hinzunehmen. Und heute Abend auch noch der Zug durch die Gemeinde mit Bollmann. Grünenberg überlegte, ob er nicht einfach einen Termin vorschieben und absagen sollte.

Es war zehn Minuten vor der Redaktionskonferenz, als der Pförtner sein Büro betrat.

»Ist gerade für Sie abgegeben worden«, sagte er und reichte Grünenberg den Umschlag.

»Wer hat das abgegeben?«

»Ein Junge, so ein Blonder.«

»Aha«, erwiderte Grünenberg, »danke.«

Der Pförtner ging. Seitdem die *Weser-Nachrichten* Personal reduzierten, hatte man einen Drucker als Portier eingestellt, der bei einem Arbeitsunfall seine rechte Hand verloren hatte.

Im Umschlag steckte eine grüne Karteikarte:

14 Uhr. Telefonzelle!!

Grünenberg drehte die Karteikarte herum. Sie war leer.

Nicht mal die schmückende Ehrenbezeichnung war auf dem Umschlag. Mittwoch sollte mehr Material kommen, heute war erst Dienstag.

Das machte Grünenberg stutzig.

Die Redaktionskonferenz war gähnend langweilig. Keine interessanten Themen, keine guten Geschichten. Der morgendliche Konflikt mit Kummer zeigte Auswirkungen. Sein Stellvertreter hatte wohl schon geplaudert und Stimmung gemacht. Die Vorschläge, die kamen, bezogen sich auf alle Bereiche, nur nicht auf die Polizei. *Das machen die absichtlich,* dachte Grünenberg.

Mittags aß er in der *Pfanne.* Kartoffelbrei zu einem ledernen Pfeffersteak. Er trank drei Wasser, um das Essen runterzuspülen.

Diesmal frage ich als erster, dachte Grünenberg, *ich werde den Hörer abnehmen und eine Frage stellen.*

Als ee ans Bezahlen ging, sagte er: »Meinst du, eure Küche könnte einen kleinen Hinweis vertragen? Das Fleisch war so zäh, dass man lieber ein Hacksteak hätte draus machen sollen.«

Der Kellner nickte: »Ich würde in diesem Laden nicht essen, Chef.« Er grinste dabei.

Grünenberg musste sich beeilen, damit er rechtzeitig an der Telefonzelle war.

Er konnte sich keinen Reim auf diese Geschichte machen, und doch hatte er das Gefühl, dass hier von zwei verschiedenen Stellen aus Informationen eintrafen. *Warum bin ich eigentlich so sicher, dass es die gleiche Telefonzelle ist wie beim letzten Mal?*

Eine Frau stand in der Zelle.

Sie hatte das rechte Bein etwas angewinkelt und lehnte an der gläsernen Wand. Auf dem Telefonbuch lag jede Menge Kleingeld.

Grünenberg klopfte gegen die Tür.

Die Frau reagierte nicht.

In kurzen Abständen warf sie Münzen in den Apparat.

»Entschuldigen Sie«, Grünenberg zog die Tür auf, »dauert es noch ewig?«

Seine Armbanduhr zeigte bereits fünf Minuten nach zwei.

»Es gibt genügend andere Telefonzellen«, erwiderte die Frau und wandte sich wieder ihrem Gesprächspartner zu.

Grünenberg sah hinunter zur Weser.

Hoffentlich sieht mich hier niemand aus der Redaktion,

dachte er, *das fällt bestimmt auf, wenn ich von einer Zelle aus telefoniere, obwohl doch drei Telefone auf meinem Schreibtisch stehen.*

Zehn Minuten später verließ die Frau die Zelle.

»Jetzt ist frei«, sagte sie und ging mit schnellen Schritten davon.

Grünenberg fluchte hinter ihr her und betrat die einen Quadratmeter große Zelle. Es roch nach starkem Parfüm. Er brauchte nicht lange zu warten.

Grünenberg nahm den Hörer ab, spürte, dass er noch ganz warm war. »Also, damit wir uns richtig verstehen, ich lasse mich nicht benutzen. Wenn ich nicht jemand zu sehen kriege, der mich mit Informationen versorgen will, dann werde ich gar nichts schreiben. Damit das klar ist.«

Es trat eine kurze Pause ein.

Die Stimme des Anrufers war piepsig: »Meister der Feder, nun mal langsam, alles Gute braucht seine Zeit.«

»Dann hänge ich jetzt ein«, sagte Grünenberg.

»Moment, das wäre vorschnell. Glauben Sie ja nicht, es wäre immer einfach, alles so hinzubekommen, dass niemand Verdacht schöpft. Damit Sie nicht länger im Unklaren sind: Der Leiter des Landesamtes für Verfassungsschutz ist Mitarbeiter des KGB. Ich hoffe, Sie wissen, was das bedeutet.«

Wieder trat eine Pause ein. Aber diesmal war es Grünenberg, der nichts zu sagen wusste.

»Und weil Sie so ein gründlicher Mann sind: Er arbeitet unter dem Decknamen Boris und ist freitags abends zwischen halb sechs und sechs unter folgender Nummer zu erreichen: 361-2772. Das Codewort wechselt von Woche zu Woche. Diese Woche werden Sie sich selbst überzeugen können, ich gebe Ihnen das Codewort, es lautet Raketenabschussrampe. Sie wählen die Nummer, ich wiederhole, 361-2772, sagen Raketenabschussrampe und verlangen, Boris zu sprechen, dann verhalten Sie sich ganz ruhig, und Sie werden die Stimme von Müller erkennen. Er meldet sich mit seinem Codewort.«

Grünenberg schrieb die Nummer auf das gelbe Telefonbuch.

»Und noch eins: Geben Sie Ihre Deckung nicht preis, das könnte schlimme Folgen haben. Wir können Sie nicht schützen.«

»Wer sind Sie, wir, ich meine ...«

»Das tut nichts zur Sache. Sie hören von uns.«

Es knackte in der Leitung.

Dann war es still.

Klaus Grünenberg riss ein großes Stück von dem Einband des Telefonbuches ab. Dabei kannte er die Nummer schon auswendig. Auf der Rückseite notierte er die beiden Wörter, die er benutzen musste.

Jetzt hab' ich was Konkretes, dachte er, *das wird eine Story, auf die er lange Jahre gewartet hatte..*

Er trat auf die Straße und hatte das Gefühl, dass es wärmer geworden war. Er schwitzte leicht, wischte die Tröpfchen von der Oberlippe.

Anstatt hinüber ins Pressehaus zu gehen, machte er einen Spaziergang am Fluss. Soll Kummer dafür sorgen, dass die Lokalseiten voll werden.

Von mir aus auch mit Polizeiberichten. Das interessierte ihn jetzt nicht mehr.

7

»Ich hoffe, wir werden zusammen ein gutes, frisches Programm machen, das ist jedenfalls meine feste Absicht.«
Der leiernde Ton des neuen Besens löste nicht gerade Begeisterung bei den Mitarbeitern des Funkhauses aus.

Seit mehr als einer halben Stunde dozierte der kommende Programmdirektor. Er trug das graue Haar im Stoppelschnitt, einen legeren Anzug mit heruntergezogener Krawatte. Er sprach, ohne ein Manuskript zu benutzen. Seine Antrittsrede.

»Wir müssen die Rundfunkprogramme entflechten, entmischen. Wir müssen klar und deutlich voneinander zu unterscheidende Wellen schaffen, so dass der Hörer und auch die Hörerin wissen, was sie eingeschaltet haben. Das geht natürlich nicht ohne Strukturreform an Haupt und Gliedern. So möchte ich das mal nennen.«

Die Kantine des Funkhauses, die gerade eine mehrmonatige Renovierung hinter sich hatte, war bis auf den letzten Platz gefüllt. Schließlich wollten die Redakteure und Cutterinnen, die Techniker und Sekretärinnen erfahren, was der Neue vorhatte.

»Schon wieder eine Strukturreform«, sagte Dr. Legeisen, Redakteur im Aktuellen, der schon länger beim Hörfunk war als die Geräte, mit denen die Aufnahmen gemacht wurden. Er sprach leise vor sich hin. »Die letzte Strukturreform steckt uns noch in den Gliedern.« Auch in anderen Ecken wurde gemurmelt.

»Wir brauchen eine populäre Welle, ein Massenprogramm für die Vielen, die sich schnell informieren wollen. Wir brauchen einen Kulturkanal für eine Minderheit. Ich glaube, da wird mir niemand widersprechen. Und wir brauchen, im Angesicht der privaten Konkurrenz, die unweigerlich auf uns zukommt, eine Welle für die Jugend, mit viel Pop und Pep.«

»Haste gehört? Pep! Ein Wort aus den Fünfzigern, der weiß nicht, wovon er redet.« Das war der Jugendfunkredakteur, der selbst Mitte Vierzig war.

Nur die Betriebsgruppe war froh, dass Dotterei der neue Hörfunkchef geworden war, denn schließlich war er ihr Kandidat und hatte sich durchsetzen können. Auch die Kinderfunkredakteurin nickte still, sie hatte private Kontakte zu dem Neuen geknüpft.

»Unser Programm muss offen sein, demokratisch, durchsichtig. Wir müssen Service bieten und Unterhaltung. Wir dürfen das kritische Wort nicht vernachlässigen, auch wenn es gelegentlich wieder etwas kürzer sein könnte.«

»Und biste noch so fleißig, der Kommentar wird nur Eins-dreißig«, murrte der Feature-Redakteur vor sich hin. »Das bedeutet Einschränkung der Wortbeiträge, alles kürzer, auf dem Weg zum unpolitischen Radio. Gute Nacht, Hörer.«

»Unsere Bildungsprogramme müssen neu überlegt sein. Es kann doch nicht angehen, dass wir immer noch Schulfunk machen, als habe sich unsere Welt nicht grundlegend verändert. Da tun kurze, aber prägnante Formen mehr Gutes, als man gemeinhin annimmt. Ich möchte Sie ermuntern, gemeinsam mit mir diese Experimente zu wagen. Schließlich brauchen wir ein Konzept für den Rundfunk im letzten Jahrzehnt vor dem Jahr 2000.«

Die angesprochene Redakteurin des Schulfunks ergänzte flüsternd: »Und für das erste Jahrhundert des nächsten Jahrtausends. Der will doch bloß Seichtwellen, sonst nichts.«

Hörfunkdirektor Dotterei kam zum Ende. Er verbeugte sich einige Male, obwohl der Beifall eher mager ausfiel.

»Bitte, wenn Sie Fragen haben. Jetzt sind wir alle zusammen.«

Zwar hatten viele gemurrt, gemäkelt, waren gar nicht einverstanden mit dem neuen Besen, aber niemand meldete sich.

Dotterei sah in die Runde.

Ein Techniker rief aus der letzten Reihe, er habe etwas von Sparen gehört. Ob man dennoch den neuen Übertragungswagen bekommen würde. »Der alte Ü-Wagen stammt nämlich noch aus dem Jahre 1951.«

»Alles, was geplant wurde, wird auch ausgeführt«, beruhigte ihn der Programmdirektor, »da mische ich mich nicht ein.«

Dann war wieder Pause. Keine Wortmeldung. Einige tranken Kaffee, andere starrten aus dem Fenster oder auf den Boden, wieder andere standen auf, um zu gehen.

Rüdiger Kremer, ein Paradiesvogel im Sender, meldete sich.

»Ja, bitte.« Dotterei gab ihm das Wort, sichtlich erleichtert, dass nun doch eine Frage kam.

»Ich habe heute Morgen ein Gedicht geschrieben, das würde ich gerne vorlesen, wenn sonst niemand etwas sagen will.«

Dotterei lachte gekünstelt: »Bitte, warum nicht mal ein Gedicht.«

Rüdiger Kremer zog einen Zettel aus der Tasche und las:

Generalansage
die Sendung eines Gedichts im Rundfunk
muss verantwortet werden
redaktionell verantwortet
von einem Redakteur
übergeordnet verantwortet
von einem Abteilungsleiter
hauptverantwortet
von einem Hauptabteilungsleiter

oberverantwortet
von einem Programmdirektor
alleinverantwortlich
von einem Intendanten
Bei soviel Verantwortung
muss sich der Hörer
keine Gedanken mehr machen
Meine Damen und Herren
in unserer Sendereihe
das neue Gedicht
hörten Sie heute
ein neues Gedicht von Rüdiger Kremer: Generalansage.«

Der Beifall war überragend. Einige johlten.
»Nicht schlecht«, sagte Dotterei, »das sollten wir senden. Ich bin für Experimente, wissen Sie.«

Auf den Fluren und Gängen kamen dann die Gegenargumente, die zurückgehaltene Wut über die angekündigte Programmreform wurde deutlich.

Der Feature-Redakteur nahm Rüdiger Kremer zur Seite, zog ihn in sein Redaktionsbüro. »Was für ein lächerliches Gedicht, Rüdi. Viel zu schlapp. Das hier, das hier, das ist ein Gedicht.« Er stellte sich vor seine Pinnwand und las mit lauter Stimme:

Ich möchte einmal am Sender stehn und
sprechen dürfen. Ohne Zensur.
Ein einziges Mal. Eine Stunde nur.
Hetzen – und Hass und Feuer säen.

Lasst mich einmal am Geräte stehn und nur einen Tag aus meinem Leben wahrhaft und nüchtern zum besten geben.

Nichts weiter. Es würde ein Wunder geschehen.

Ich möchte die wütenden Fratzen sehn wenn's hieße: Achtung – Deutsche Welle – eine Arbeiterin spricht. Thema: Hölle.«

Der Feature-Redakteur drehte sich um: »Das ist ein Gedicht, zwanziger Jahre, was anderes als dein ...«

»Aber in der Betriebsversammlung hast du keinen Ton gesagt«, erwiderte Kremer, ging hinaus und schlug die Tür fest hinter sich zu.

Kriminaldirektor Lang sprach betont langsam, scharf akzentuiert. Pinneberger wusste, dass das nichts Gutes zu bedeuten hatte.

Zweimal war er einem Gespräch mit seinem Vorgesetzten aus dem Weg gegangen, aber dann kam die dringende Aufforderung, sich sofort mit ihm in Verbindung zu setzen.

Langs Büro mit dem Bildschirm auf dem Glastisch, die Stahlrohrmöbel in der Besprechungsecke, die beiden hohen Ficus-Bäume am Fenster. Der Eindruck täuschte, Kriminaldirektor Lang war im Dienst. Und überaus sauer.

»Ich habe doch deutlich genug gesagt, dass Sie und Ihr Schlink den Stenzler entlasten sollen. Der will uns etwas vorführen, merken Sie das denn nicht?«

Lang hatte darauf bestanden, dass Schlink im Vorzimmer wartete, er wolle mit Oberkommissar Pinneberger allein sprechen. Sie hatten versucht, sich dagegen zu wehren, aber ohne Erfolg.

»Stenzler ist ein Fuchs, der ist gerissener als wir. Ich weiß nicht, was er sich in den Kopf gesetzt hat, aber der spielt ein Spiel, und wir werden es verlieren, wenn wir uns auf seine Spielregeln einlassen. Ich habe sofort den Antrag auf U-Haft aufheben lassen. Der Mann kommt in kein Gefängnis, das macht ihn nur zum Märtyrer. Wenn die Presse davon Wind bekommt, ich rate Ihnen im Guten, wenn Grünenberg, dieser Schmierfink, davon erfährt, der macht aus uns Hackfleisch.«

Pinneberger stand auf, dehnte seinen Rücken. »Und jetzt werden Sie gleich sagen, dass Sie mir den Fall entziehen, oder irre ich mich? Wer soll ihn denn bearbeiten? Der Dahle, der Beuteler, die lammfrommen Auftragnehmer?«

»Wie kommen Sie darauf, Pinneberger? Sie und ihr Schlink, Sie beide werden das weiterführen. Und ich will eindeutig geklärt haben, dass Stenzler nichts mit dem Mord ...«

»Moment«, unterbrach ihn Pinneberger, der an diesem Morgen mit dem richtigen Bein aus dem Bett aufgestanden war, »ich habe mich schon einmal dagegen gewehrt, dass mir das Ergebnis einer Untersuchung vorgeschrieben wird. Damals sollte an der Polizei nichts hängenbleiben, Sie erinnern sich? Diesmal werde ich genauso verfahren. Sie können mir den Fall Döhler wegnehmen, bitte sehr, aber auf gar keinen Fall...«

Lang kam ein paar Schritte näher,

Der Holzfußboden knarrte.

»Ich will nur, dass Sie das Spiel durchschauen, Pinne.«

Sein Tonfall war plötzlich vertraulich. »Sie haben genügend Zeit, keine Angst. Erst kurz vor der Revision des Falles müssen wir wissen, woran wir sind. Was ist denn der Sachstand überhaupt? Ich meine, Sie mussten doch einen Grund haben, U-Haft für Stenzler zu beantragen.«

Pinneberger zählte die Indizien auf, die Schlink herausgefunden hatte: die Bekanntschaft zwischen Döhler und Stenzler, das fehlende Alibi, die Möglichkeit, sich die Tatwaffe zu besorgen.

»Wir haben herausgefunden, dass der Revolver aus der Asservatenkammer gestohlen wurde. Der war bereits in einem Mordfall ein Beweisstück. Stenzler hat Zugang zu den Asservaten.«

»So«, sagte Lang, »also spricht etwas gegen ihn. Bitte, damit Sie mich nicht missverstehen. Klären Sie die Sache.«

»Dazu wollte ich Stenzler einsitzen lassen«, erwiderte Pinneberger, »der ist mir zu souverän.«

»Es muss ohne gehen. Es besteht keine Fluchtgefahr bei ihm. Es ist doch auch nicht mehr als ein Verdacht, oder? Seien Sie ehrlich, Pinne?«

Der Oberkommissar wusste nicht, wieso sein Chef zu dieser vertraulichen Anrede kam, so hatte er ihn noch nicht angesprochen. Aber er wollte ihn auch nicht danach fragen.

»Holen Sie Schlink jetzt rein, wo wir uns einig sind.« Der Kriminaldirektor legte die Jacke ab.

Auch das hatte Pinneberger noch nie gesehen.

»Einig?«, fragte er.

Wolfgang Lindow durchbrach eine eherne Regel. Er legte sein Blatt nieder und sprach Pinneberger direkt an.

»Aber du glaubst doch nicht selbst daran, oder?«

»Woran?« fragte Pinneberger erstaunt.

»An diese Stenzler-Sache.«

»Woher weißt du davon und woher weißt du, was ich glaube?« Pinneberger wollte seinen Kreuz-Hand spielen.

»Man hört so was tuscheln ...«

»Hier wird Skat gespielt, meine Herren«, sagte Marianne Kohlhase und imitierte dabei Lindow, der stets mit diesem Satz für Ordnung sorgte, »oder wollt ihr was in die Kasse zahlen?« Jeder Verstoß dieser Art wurde mit zwei Mark geahndet.

Donnerstagabend, die Skatrunde tagte.

Im letzten Jahr hatte ihre Stammkneipe den Besitzer gewechselt, ein unangenehmer Typ, der kein anständiges Bier zapfen konnte, seine Gäste nicht in Ruhe ließ und um sie herumscharwenzelte. Die Skatrunde war zu bequem, die Kneipe zu wechseln, aber die Abende waren stiller geworden. Die beiden Polizisten hatten bisher ihre Berufe noch nicht preisgegeben. Sie beschränkten sich auf Leichenreden über verlorene Spiele.

Der Hauptkommissar sprach leise: »Ich beantrage eine Ausnahme, Marianne, ich bin doch zu neugierig. Was ist mit Stenz?«

Pinneberger berichtete, auch von dem Gespräch mit Lang, und dass sie nun in einer Zwickmühle säßen. »Denn eines ist doch klar: Es gibt in der Justizbehörde einige, die jetzt versuchen, ihre Finger in die Sache zu stecken. Stenz- ler ist ja nicht gerade beliebt, verstehst du?«

»Und du, was denkst du?« fragte Lindow, der sein Bierglas ansetzte.

»Es ist keine Frage des Glaubens, Wolfgang, die Fakten zählen. Und da sieht es nicht so gut für diesen Gutachter aus.«

»Noch etwas zu trinken, die Herrschaften. Oh, entschuldige, und die Dame«, schleimte der Wirt.

»Wir melden uns schon«, sagte Lindow.

»Und nicht so große Ohren machen, junger Mann«, ergänzte Pinneberger.

Der Wirt hob die Hände und ging zum nächsten Tisch.

Marianne sagte: »Lasst uns spielen, ich weiß nicht, ob das der richtige Ort für Details... Wir können nachher bei uns ja noch...«

»Eine Frage«, Lindows Stimme war kaum hörbar, »glaubst du denn, dass Lang irgendeinen Auftrag ausführt?«

»Wie meinst du das?«

»Wie ich es sage. Es könnte doch auch sein, dass Lang mit Stenzler was verabredet hat, dass die beiden zusammen was aushecken und jetzt dich und Schlink benutzen wollen, das in die Tat umzusetzen.«

Pinneberger überlegte lange, bis er antwortete: »Wolfgang, daran hab' ich überhaupt noch nicht gedacht. Lang verabscheut Richter. Das weiß man, weil wir ja nichts anderes sind als Hilfssheriffs, wie du mal so schön gesagt hast. Hilfswillige, die den schwarzen Roben zuarbeiten. Was die draus machen, ist deren Sache.« Pinneberger zögerte. »Er hat unbedingt mit Stenzler alleine sprechen wollen.« Lindow zog die Augenbrauen hoch.

Marianne Kohlhase sammelte die Karten der beiden Polizisten ein, mischte neu. »Ich hatte sowieso ein Scheißblatt. Und wenn ihr jetzt nicht spielt, dann zahlt ihr. Ist das klar?«

»Noch ne Runde«, rief Pinneberger laut.

Der Wirt nickte eifrig.

8

Keinen Gedanken haben und ihn nicht ausdrücken können, das macht den Journalisten. Grünenberg sah auf den Spruch der über seinem Schreibtisch hing. Hätte von Karl Kraus stammen können.

Er hatte seine Maschine weggeräumt, die Manuskriptblätter in den Karton gelegt, die kleinen Zettel, auf denen er tagsüber Einfälle für seinen Bestseller notierte, verstaut, und dann wischte er die Schreibtischplatte sauber.

Grünenberg hatte den Vorhang zugezogen.

Freitagabend, 17 Uhr 26.

Noch vier Minuten.

Das Tonbandgerät stand neben dem Telefon, die Nummer hatte er sich groß auf ein Blatt geschrieben und auch die beiden Wörter, die er sagen musste. Am Nachmittag war er früher aus der Redaktion gegangen, um Batterien für das Tonband zu kaufen, auch zwei neue Cassetten schaffte er an.

Noch 90 Sekunden.

Er sah auf seiner Digital-Uhr die Zahlen dahinschleichen. Sein Puls ging schneller.

Wenn die Uhr auf 11 Uhr 11 stand, hielt er inne, wollte sehen, wenn die Sekundenanzeige auf 11 sprang. Sechsmal die Eins, ein schönes Bild. Er hatte in manchen Ländern Uhren fotografiert, wenn sie 11 Uhr 11 anzeigten.

Grünenberg nahm den Hörer ab und wählte 361-2772.

Er ließ es klingeln.

»Ja, hallo.«

»Ich hätte gerne Boris gesprochen.«

»Am Telefon.«

»Raketenabschussrampe!« Grünenberg hätte beinah losgelacht.

»SS 20. Guten Tag. In dieser Woche gibt es keine besonderen Neuigkeiten. Das Einzige, was berichtenswert ist: Der Gesundheitssenator wird wahrscheinlich in eine Affäre um das Krankenhaus verstrickt werden, schwarze Kassen sind aufgetaucht. Sonst ist es ruhig in der Hansestadt. SS 20.«

Der Teilnehmer hatte aufgelegt.

Ach so geht das, dachte Grünenberg, der jetzt laut auflachte. Wie simpel das Ganze ist. Die 361 war die Vorwahl für die Behörden, Freitagnachmittag arbeitete da niemand mehr, nur dieser Informant, der durch das Codewort wusste, dass sein Text die richtige Stelle erreichte.

Das war Müller, daran gab es keinen Zweifel. Grünenberg hatte ihn einige Male auf Pressekonferenzen erlebt.

Müllers Stimme. Er ließ das Band zurücklaufen und hörte es noch mal ab.

Was können die Russen mit einer solchen Information anfangen, dachte er, *denen könnte es doch egal sein, ob unser Gesundheitssenator ...*

Das Telefon klingelte.

Grünenberg erschrak.

Es war Kummer, sein Stellvertreter.

»Dein Text war zu lang, ich hab' ihn gerade gemacht, Klaus. Wollt' nur Bescheid geben.«

»Danke. Schönes Wochenende.«

Grünenberg konnte sich nicht erinnern, worüber er heute geschrieben hatte. Das fiel in eine Black-Box und war verschwunden, kaum, dass er den letzten Satz in den Computer getippt und sein Namenskürzel unter den Artikel gesetzt hatte.

Er hörte das Band ab, zweimal, dreimal.

Müller arbeitet für den KGB.

Dann juckte Grünenberg das Fell. Noch war es nicht sechs Uhr.

Er nahm den Hörer ab und wählte erneut die angegebene Nummer.

»Ja, hallo.«
»Kann ich bitte mit Boris sprechen?«
»Am Telefon.«
Grünenberg zögerte, dann sagte er: »Raketenabschussrampe.«
Müller antwortete mit seinem Text und verabschiedete sich mit seinem Codewort: SS 20.

Auch dieses Gespräch zeichnete Grünenberg auf. Am liebsten hätte er sofort den Aufmacher für die Samstagsausgabe umgeschrieben. Das würde ein Knüller werden. Er holte seine *Monica* vom Boden hoch, spannte Papier ein, tippte los.

Es war zu spät, den Aufmacher zu ändern. Vielleicht war es auch nicht der richtige Zeitpunkt. So ein Knüller musste genau platziert sein.

Der Leiter des Landesamtes für Verfassungsschutz als Informant des KGB, das war die Geschichte des Jahres.

Grünenberg dachte daran, welche Journalistenpreise auf ihn herunterregnen werden, welche Radio- und Fernsehanstalten ihn vors Mikrofon holten, wann das erste Angebot von einer überregionalen Zeitung oder Illustrierten kam. Es würde seine Chance werden.

Den Bestseller kann ich dann immer noch schreiben.

Dann fiel ihm ein Problem ein, dass er auf jeden Fall noch lösen musste.

»Wo hab' ich die Information her?«, fragte er halblaut, ging zum Eisschrank, um eine neue Flasche Whisky aufzumachen. Er hatte sich zwei Fläschchen gekauft, ein irisches Fabrikat, der gute Paddy, der sich, im Unterschied zu seinen schottischen Brüdern, *Whiskey* nennen ließ.

Er würde natürlich gefragt werden, woher seine Informationen stammten, auch wenn er seine Informanten niemals preisgab, seine Quellen geheim hielt, brauchte er eine Geschichte. Er konnte auf keinen Fall sagen, ich habe ein paar

Briefe bekommen mit dem Ehrentitel *Meister der Feder* und einige Anrufe. Er musste sich eine richtige Agentenstory einfallen lassen, wie er Müller auf die Schliche gekommen war.

Der Paddy tat gut. Ein alter Freund, mit dem er lange nicht mehr geredet hatte.

Kurz vor sechs.

Grünenberg setzte erneut an, wählte die Nummer, vielleicht wurde Müller nervös.

Was wird er dafür kriegen, dass er hier rumspioniert?

Dann fiel ihm die Überschrift für seinen ersten Artikel ein: *Vom Spitzel zum Spion.*

Grünenberg schaltete das Tonband ein, als er die letzte Zwei gewählt hatte.

Die Nummer war besetzt.

Er legte auf. Nahm einen weiteren Schluck.

Wie muss das Land aussehen, das so ein Getränk produzieren kann. Er wollte unbedingt mal auf die grüne Insel. Sie war bestimmt genauso grün, wie die Packung des Kopfschmerzmittels, das er morgens als Frühstück brauchte.

Er wählte wieder.

Besetzt.

Grünenberg schaltete das Fernsehen ein, sah Nachrichten und dann die *NORDSCHAU*, das regionale Fernsehmagazin, das sich großer Beliebtheit in der Stadt erfreute.

Michael Adler moderierte.

Grünenberg sah sich am Moderatorentisch sitzen, nicht als der tägliche *ankerman,* sondern als gefragter Kollege, der den größten Skandal in der Hansestadt aufgedeckt hatte. Ein wahrer Triumph.

Gegen 20 Uhr probierte er ein letztes Mal, ob sich Müller meldete.

Der Anschluss blieb besetzt.

An diesem Abend verwünschte Michael Adler seinen Beruf. Den ganzen Tag hatte er sich mit Besprechungen herumplagen müssen, es wurden Aktennotizen gefertigt, ein kleiner Redaktionsaufstand geprobt, Kompromisse ausgehandelt. Es war zum Kotzen. Wie konnte dabei noch journalistisch gearbeitet werden.

Michael Adler musste das alles vergessen, als das Rotlicht über der Kamera Eins anging und er seine Anfangsmoderation aufsagte.

Bei dem Konflikt mit den Anstaltsoberen ging es um die Reportage über die erste Reise einer Delegation in die Partnerstadt Rostock. Ein Familienausflug, bei dem nicht nur der Bürgermeister, sondern auch einige Senatoren in die Partnerstadt mitgefahren waren.

Darunter der Innensenator.

»Es ist sehr fröhlich zugegangen«, sagte der Reporter Christian Streng, »die waren alle gut drauf.«

Nur, dass der Innensenator darauf wartete, dass der Reporter auch endlich zu ihm komme, damit er sein Statement zu der Reise abgeben konnte.

Der Innensenator hatte sich extra zu diesem Zweck ein paar wunderbar launige Zeilen von seinem Pressesprecher formulieren lassen, hatte sie mehrfach memoriert. Aber Christian Streng kam nicht, um sich sein Statement abzuholen.

Das lag hauptsächlich daran, dass Streng diesen Innensenator für ein komplettes Arschloch hielt und nicht daran dachte, ihn zu interviewen. Es gab genügend andere, die beim ersten Besuch in der DDR-Hafenstadt dabei waren. Die kamen auch alle vor.

Nur eben der Innensenator nicht.

Er ließ seinen Pressesprecher vorfühlen, was denn los sei und wann das Interview stattfinden solle.

Aber Christian Streng reagierte nicht.

Kaum war die Delegation wieder zu Hause, noch vor dem Fernsehteam, das noch einige Aufnahmen in der Stadt machen wollte, um genügend Schnittmaterial für den Beitrag zu haben, setzte der Pressesprecher des Innensenators zu einem Gegenschlag an. Er ließ sich einen Termin beim Fernsehdirektor geben.

Der wollte keinen Ärger haben und schickte gleich ein Team, um die Stellungnahme des Innensenators aufzunehmen.

Damit schien der Konflikt bereinigt.

Am Morgen dieses Tages wollte Christian Streng seinen Beitrag über den Besuch der Delegation in der DDR schneiden, als die Cutterin ihm das MAZ-Band zeigte, das schon vorlag. Das Statement des Innensenators. Launig formuliert. Streng holte Michael Adler.

Gemeinsam sahen sie sich das Stückchen an.

Drei Minuten, das würde man kürzen müssen.

Aber Streng wollte nicht eine Sekunde davon in seinem Beitrag haben.

»Nur über meine Leiche«, sagte er immer wieder, »ich weiß doch, warum ich einen Bogen um den Typen mache. Pressegeil ist der, aber nicht mit mir, der kann andere Kollegen ficken ... oh, das ist mir jetzt rausgerutscht.«

Die Cutterin drehte sich um, lachte.

Adler sagte: »Es ist dein Beitrag, du musst das wissen.«

Aber damit begann der Konflikt erst.

Streng stellte sein Stück bis zum Mittag fertig, ließ sich Zeit mit seinem Kommentar. Zur Abnahme um halb sechs fand sich der Fernsehdirektor im Schneideraum ein.

Dem fiel sofort auf, dass der Innensenator nicht in dem Beitrag vorkam.

»Haben wir da nicht noch etwas drehen lassen?« fragte er, als habe er gar nichts damit zu tun.

»Doch, doch«, sagte die Cutterin, »aber das war nicht besonders.«

»So«, antwortete der Fernsehdirektor und verließ den Schneideraum. Streng und Adler, die geschwiegen hatten, gratulierten sich.

Die Cutterin lachte.

Drei Minuten später wurde eine Konferenz einberufen. Der Fernsehdirektor tobte.

»Wenn wir extra jemand losschicken, um ein Statement zu bekommen, dann muss das auch rein in den Beitrag. Herr Streng, das machen Sie jetzt.«

Adler wehrte sich: »Ich habe gesehen, was nachgedreht wurde, das stört wirklich. Außerdem sieht jeder, dass dieses Statement nicht in der DDR, sondern im Büro des Innensenators aufgenommen wurde ...«

»Ist mir egal, das kommt rein.«

Der Fernsehdirektor, unter dem Spitznamen *Wein-Helmut* bekannt, ließ sich nicht beirren.

Christian Streng sagte: »Nur über meine Leiche.«

»Sie wissen ja wo der Journalistenfriedhof ist, Herr Streng. Da liegen genügend Kollegenleichen, bitte sehr.«

Adler versuchte zu vermitteln: »Und wenn wir das Statement kürzen, und ich den Take gesondert ankündige.«

»Nichts da, das Interview kommt in den Beitrag.«

Adler und Streng kehrten geschlagen in den Schneideraum zurück. Kaum waren sie angekommen, klingelte das Telefon.

Wein-Helmut war dran: »Ich will den Beitrag sehen, bevor er rausgeht. Ist das klar?«

Adler antwortete mit einem knappen Ja.

Die Cutterin holte das MAZ-Band mit der Stellungnahme hervor. »Ich hab' schon markiert, was wir nehmen könnten. Es sind 22 Sekunden, mehr nicht, Christian.«

»22 Sekunden Kompromiss, Scheiße, verdammte.« Er nahm seinen durchsichtigen Plastikkoffer und verschwand aus dem Schneideraum.

»Auch eine Art der Konfliktbewältigung«, merkte Michael Adler an.

»Was machen wir jetzt?«, fragte die Cutterin.

»Jetzt machen wir gar nichts, ich muss nämlich noch meine Moderation schreiben. Soll doch *Wein-Helmut* selbst seine Hand anlegen.«

Auch Adler ging.

Er setzte sich in sein Büro, blickte über die flachen Häuser zur Autobahn hinüber. *Einfach Urlaub machen,* dachte er. *Als hätte ich nicht genug zu tun.* Dieser Konflikt würde sich auch auf seine neue Tätigkeit als Talkmaster bei *Fünf nach halbzehn* auswirken.

Acht Minuten später lag eine Aktennotiz auf seinem Tisch: »Abmahnung für Christian Streng.«

Adler hatte keine Lust, den Text zu lesen. Mal sehen, wie der Beitrag aussieht, wenn er heute Abend gesendet wird. Der Aufnahmeleiter wird mir die Länge schon durchgeben.

Als Adler ins Studio kam, war der große Krach schon rum. Jeder tuschelte, keiner sprach laut.

Er setzte sich an den Moderatorentisch, frisch geschminkt. Auf dem grünen Ablaufzettel sah er, dass ein Beitrag aus der Sendung genommen und der Sonderbericht aus der Partnerstadt um drei Minuten länger geworden war.

Ganze Arbeit, dachte Adler, aber er sagte nichts. Er überflog seine Anfangsmoderation. Hatte Mühe, sich zu konzentrieren.

Es sollte ja lustig zugehen. Die bunte Ausgabe der *NORDSCHAU* vertrug kein griesgrämiges Gesicht.

Er strahlte, als der Trailer vorbei war.

»»Guten Abend aus dem kleinsten Fernsehstudio dieser Republik. Wir haben die höchste Einschaltquote um diese Uhrzeit. Das stand jedenfalls heute in einer Zeitung. Also bleiben Sie dran, liebe Zuschauer und Zuschauerinnen.«

Klaus Grünenberg kannte das Haus, in dem der Chef der städtischen Kliniken wohnte. Eine Villa in Oberneuland, umgeben von einer Hecke von Korkenzieherhaselsträuchern, gut versteckt.

Er stellte den Wagen in gebührender Entfernung ab und ging ein paar Schritte zu Fuß. Diese Auslüftung war ihm recht, zumal er dabei überlegen konnte, wie er Haller gegenübertreten wollte.

Eine geruhsame Parklandschaft, die am Samstagnachmittag wie ausgestorben war.

Das leichte Nieselwetter ließ nur ein paar Hunde samt Herrchen oder Frauchen vor die Tür treten.

Hansjoachim Haller war eine große Nummer in der Partei, er hatte viele Freunde. Ein jovialer Getränksmann, der seine Geburtstage stets wie Mitgliederversammlungen ausrichten ließ. Es konnte sein, dass gelegentlich auch Steuergelder konsumiert wurden.

Grünenberg klingelte an der Gartenpforte. Wie bei einer texanischen Ranch hing ein braungebeiztes Holzbrett, das an zwei Masten befestigt war, über der Einfahrt.

Tretet ein, Ihr Freunde des Lebens, stand eingebrannt auf dem Holz.

»Wer stört da?« quäkte die Gegensprechanlage.

Grünenberg stellte sich bescheiden vor: Name, Beruf, Zeitung.

»Die Presse ist erwünscht«, kam die Antwort.

Der Türsummer vornehm hell. Ding-dong-dang.

Grünenberg ging über den langen Kiesweg, zwischen den Pappeln hindurch, dann sah er die Villa mit ihren beiden ausladenden Seitenflügeln. Er konnte sich nicht vorstellen, dass dieses Gebäude als Dienstwohnung absetzbar war. Immerhin verwaltete der Mann einen Millionenhaushalt.

Haller trat ihm im Jogging-Anzug entgegen.

»Grüße Sie.« Er gab ihm die Hand. Fester Händedruck.

Ein Wunder an Solarbräune, kein Fleckchen weiß, um den Hals ein kleines Goldkettchen. Wie ein Berufsjugendlicher, nicht mal fünfzig Jahre alt.

»Entschuldigen Sie die Störung an einem heiligen Sonnabend«, begann Grünenberg seine Einleitung, »aber ich hab' eine Nachfrage, die mich direkt zu Ihnen kommen lässt.«

»Sie sind an der richtigen Stelle. Ich mag Journalisten, die direkt vorgehen, ich mag sie nicht, wenn sie aus dem Hinterhalt schießen. Und um ganz ehrlich zu sein, die meisten sind zu feige, offen aufzutreten.«

Haller bat ihn in das große Wohnzimmer, in dem mehrere Sozialwohnungen Platz gehabt hätten.

»Etwas zu trinken, Herr Grünenberg?«

Haller schien die Gewohnheiten des Journalisten zu kennen.

»Nein, ausnahmsweise nicht. Ich hatte gestern das Vergnügen.«

»Gut, dann fragen Sie.«

Haller setzte sich auf einen kleinen Thron. Ein Kirchengestühl mit goldenen Beinen und verschnörkelten Armlehnen, rot gepolstert.

»Ich habe gehört, dass eine Firma versucht, den Desinfektionsmarkt in die Hand zu bekommen und mit unglaublichen Werbegeschenken auffährt, vom Mittelklassewagen aufwärts. Ist da was dran?«

Hansjoachim Haller lächelte verschmitzt: »Sie haben große Ohren, diese Journalisten, und einen kleinen Kopf. Wären Sie so freundlich, mir die Quelle zu nennen, aus der diese Sauerei kommt?«

»Niemals, auf meine Journalistenehre.« Grünenberg wusste, dass er zumindest heute keinen klaren Kopf hatte.

»Also gut, ich respektiere. Sie hören Gras wachsen. Es gibt tatsächlich ein bis zwei Firmen, die das immer wieder versuchen, aber es klappt nicht so recht. Es herrscht gerade auf diesem Sektor ein ziemlicher Verdrängungswettbewerb, da wird auch einiges geschehen, aber noch ist es nicht soweit.«

»Und die Werbegeschenke?«, fragte Grünenberg, der gleich zu seinem eigentlichen Anliegen kommen wollte.

»Sehen Sie doch mal in unsere Garage, meine Frau hat schon zwei Autos, um einkaufen zu fahren.« Haller grinste. »Nicht doch einen winzigen Schluck?«

»Nein, nein«, erwiderte Grünenberg, »nicht vor fünf Uhr, blaue Stunde. Und jetzt ist es erst drei.«

»Der Mensch hat Prinzipien, sehr gut.« Haller stand auf.

»Wackelt eigentlich der Stuhl des Gesundheitssenators, Herr Haller?« zielte Grünenberg.

»Wie bitte?«

»Wird er uns bald verlassen?«

»Wie kommen Sie darauf, Herr Naseweis?«

»Es sollen schwarze Kassen aufgetaucht sein, ein Skandal liegt am Weserstrand, oder etwa nicht?«

Hansjoachim Haller zuckte mit dem Mundwinkel.

»Wer hat geplaudert, verdammt noch mal.«

»Keine Quellenangabe, wissen Sie doch.« Grünenberg spürte ein wohliges Gefühl in der Magengegend. Also hatte Boris tatsächlich eine Neuigkeit ausposaunt, ganz gleich, wohin sie ging. So ein Verfassungsschutzleiter weiß eben mehr.

»Ich sage dazu nichts. Kein Kommentar. Die Audienz ist beendet, Herr Grünenberg.«

»Das dachte ich!« Grünenberg stand auf. »Schönen Dank, ich finde hinaus. Wirklich hübsch haben Sie es hier.«

»Kein Neid«, sagte Haller, der ihm die Glastür aufhielt, »das ist alles schwer erarbeitet.«

Schwer bestochen, dachte Grünenberg, als er auf den Kiesweg trat. Er knirschte melodiös.

9

»Konz hat sich umgebracht«, sagte die Stimme am Telefon. »Das war doch Ihr Fall, oder? Ich wollte nicht, dass Sie es aus der Zeitung erfahren.« Der Gefängnisbeamte aus Oslebshausen sprach sehr ruhig.

Pinneberger war aufgeregt. »Ich fahre gleich los!«

Seit dem späten Aufstehen hatte er mit Marianne darüber gesprochen, dass sich bald etwas ändern müsse, dass er keine Lust mehr habe, mehr noch, keinen Sinn mehr darin sehe, auf Beförderung zu warten.

»Ich muss mich verändern«, hatte der Oberkommissar gesagt.

Während sie ihr englisches Frühstück einnahmen, das sonntags aus Cornflakes, *bacon-and-egg*, Toast und Orangenmarmelade bestand, hatte Marianne das Thema darauf gebracht. »Wie lange willst du dir das noch gefallen lassen, Fritz? Du bist der Schuhabstreifer bei euch, klar. Manchmal musst du machen, was Lang anordnet.«

Am Samstag hatte er ihr erzählt, wie Lang Schlink und ihn ausgetrickst hatte, mit falscher Freundlichkeit, Kumpeltour, knallharter Autorität. Sie mussten Dr. Stenzler auf freiem Fuß lassen und ihr Auftrag lautete weiterhin: Entlastung.

Immer sonntags kam die Wut, diese traurige Wut, nur ein Rädchen in einer Maschinerie zu sein.

»Was soll ich machen? Ich kann zwar jede Menge Umschulungen und Seminare besuchen, aber wenn ich meine Beförderung nicht kriege, wird sich nichts ändern.«

»Und ein anderes Dezernat?«, fragte Marianne.

Sie führte diese Diskussion mit großem Ernst, weil sie Fritz etwas verheimlichte. Sie besprach auch ihre Probleme, wenn sie über seine sprach.

»Was würde ein anderes Dezernat ändern? So wie Lindow, abgeschoben zur Wirtschaft. Der ersitzt nur seine Pension, mehr nicht.«

»Aber dabei ist er fröhlicher als du.«

Marianne hatte das Jobben satt, sie wollte nicht mehr in der *Roten Spinne* angequatscht und manches Mal angetatscht werden, nicht mehr Hunde für reiche Leute ausführen, nicht mehr Aushilfe im sozialen Bereich sein. Sie hatte sich für eine Ausbildung bei der Polizei beworben. Es gab ein Pilotprojekt: *Frauen in die Polizei.*

Gerade als sie Fritz davon berichten wollte, kam der Anruf aus dem Gefängnis.

Pinneberger warf den Seidenbademantel auf den Boden.

»Ich muss weg. Ruf Schlink an, schnell. Er soll feststellen, wo Stenzler ist. Ich will ihn dabeihaben.«

Pinneberger zog sich in Windeseile an.

Wenn etwas die Lage vorantreiben konnte, war es dieser Selbstmord. So bitter das war.

»Schlink kommt direkt nach Oslebs«, rief Marianne.

»Hat er Stenzler erreicht?«

»Weiß ich nicht, ich hab's ihm gesagt.«

»Tschuldigung«, sagte Pinneberger, »wir reden nachher weiter.«

Er umarmte seine Freundin, die immer noch im Bademantel war.

»Ja, ja, kenn' ich, Polizistenbräute ...«, mehr hörte Pinneberger nicht mehr.

Sein Auto war direkt vor der Tür in der Feldstraße geparkt. Allerdings bedurfte es einiger Manöver, bis er den klapprigen Renault aus der Parklücke bekam. Der Wagen hatte schon seit zwei Monaten keinen TÜV mehr. Pinneberger konnte sich nicht entscheiden, welches Auto er kaufen sollte.

Er brauste über die regennasse Straße.

Sonntags war nie eine Streife unterwegs, die ihn hätte kontrollieren können.

War der Selbstmord nun ein Eingeständnis der Schuld oder waren Konz die Nerven durchgegangen? Eine Mordsache mit vielen Prozesstagen, die ansteigende Spannung, das Urteil, das konnte dazu führen, dass ein Verurteilter einen Schock erlitt, eine Kurzschlusshandlung beging.

Jetzt muss Stenzler reden, dachte Pinneberger, als er von der Heerstraße abbog.

Die JVA Oslebshausen mit ihren roten Backsteingebäuden glich eher einem frühen Industriebauwerk als einer modernen Strafanstalt.

Schlink wartete schon. Er lehnte an seinem italienischen Sportwagen.

Pinneberger bremste scharf.

»Hast du Stenzler erreicht?«

Schlink schüttelte den Kopf.

»Zu Hause ist niemand. Ich bin vorbeigefahren, weil es auf dem Weg lag. Die Nachbarn sagen, er ist gestern Morgen mit gepackten Koffern weggefahren.«

»Scheiße«, entfuhr es Pinneberger. »Scheiße, das haben wir Lang zu verdanken.«

Die Wärter traten aus ihrem Glashäuschen.

Die beiden Kriminalbeamten mussten sich ausweisen, den Grund des Besuches angeben und sagen, woher sie von dem Selbstmord erfahren hatten. War es also schon rum. Scheiße.

Das grüne Metallgitter wurde geöffnet.

Nur einen Spalt.

Der Gefängniswärter, der Pinneberger telefonisch informiert hatte, erwartete sie schon.

»Nichts mehr zu machen, keine Chance. Er hat sich mit einer verrosteten Gabel die Pulsadern aufgeritzt und die Hände so lange, wie er konnte, über die Latrine gehalten. Einige Liter Blut sind auf den Zellenboden gelaufen. Wollen Sie es sehen?«

Pinneberger nickte. Er sah seinem Assistenten an, dass nun wieder eine praktische Prüfung für ihn anstand.

Schlink schwitzte.

Sie gingen zum Haus 4.

Mehrfach wurden sie durchgeschlossen.

Dann standen sie vor der Zelle.

Ein Blutbad.

»Wir haben es heute Morgen beim Frühstück entdeckt. Die Leiche wurde gleich in die Krankenabteilung verbracht. Nichts mehr zu machen.«

Der Gefängniswärter war verzweifelt, er hätte den Selbstmord gerne verhindert.

»Irgendwelche Anzeichen, ich meine ...« Pinneberger bekam den Blick nicht von dem vielen Blut.

»Nichts, gar nichts, wenn ich was geahnt hätte.«

Schlink übergab sich.

»Warten Sie«, sagte der Gefängniswärter, »ich hole einen Eimer.«

Minuten später betraten sie die Krankenstation.

Die Leiche lag auf einem weißen Laken und war fahlblass.

Dr. Kaltenhorst stand daneben.

Er drehte die Hände des Toten um.

»Die Schnitte in den Pulsadern sind längs geführt, mindestens fünf Zentimeter. Er muss eine Rasierklinge verwandt haben. Anfangs dachten wir, es sei die Gabel gewesen, die wir gefunden haben, aber wahrscheinlich wird sich bei der Säuberung der Zelle eine Rasierklinge finden. Der wusste, wie man sich umbringt, die meisten Selbstmörder schneiden ja quer, das dauert ewig.«

Pinneberger mochte Dr. Kaltenhorst nicht besonders und schenkte ihm auch wenig Beachtung.

Schlink lehnte an der Tür, damit er nicht auf die Leiche sehen musste.

»Sagen Sie, ist da was dran, dass Konz diesen Mord nicht begangen hat? Ich habe im Fernsehen gesehen, wie Stenzler sich bezichtigt hat, er habe die Tat begangen. Wissen Sie was darüber, Herr Oberkommissar?«

»Nein, bisher weiß ich gar nichts darüber.«

»Ich dachte, Lang hätte Sie...«

»Wir sind noch keinen Schritt weiter«, unterbrach ihn Pinneberger, »wann hat Konz den Selbstmord begangen?«

»Es muss kurz vor oder kurz nach Mitternacht gewesen sein. Zeit genug hatte er«, antwortete Kaltenhorst.

»Danke«, sagte Pinneberger.

Auf dem Flur gab er dem Gefängniswärter die Hand. »Gut, dass Sie mir gleich Bescheid gesagt haben. Ist immer wichtig, wenn es noch Leute gibt, auf die man sich verlassen kann.«

Schlink hatte sich einigermaßen gefangen. Auf dem Gefängnishof zwischen den einzelnen Trakten begann er, sich umständlich zu entschuldigen: Er könne so was nicht ab, er wisse nicht, ob er noch lange bei der Mordkommission bleiben wolle, Leichen seien nicht gerade seine Stärke.

Pinneberger hatte den Eindruck, dass auch andere praktische Tätigkeiten nicht Schlinks Stärke waren, aber er wiegelte ab. »Wenn es nur die Leichen wären, Karl, daran gewöhnst du dich noch. Es gibt andere Sachen, die werden immer schwerer zu ertragen. Morgen davon mehr.«

Sie verabschiedeten sich.

Unterwegs fiel Pinneberger ein, dass er unbedingt verhindern musste, dass der Selbstmord vorzeitig in die Presse kam. Er wollte Stenzler selbst diese Nachricht überbringen, wollte seine Reaktion darauf testen.

In Walle ging er in eine Telefonzelle und wählte die Nummer der *Weser-Nachrichten*.

»Können Sie mich mit Grünenberg verbinden?«

»Moment, mal sehen, ob er Dienst hat, es ist Sonntag ...«

»Wem sagen Sie das.«

Eine Minute später meldete sich Grünenberg. Sie begrüßten sich überschwänglich, obwohl sie sich in der letzten

Zeit nur selten gesehen hatten. Seit Davids letztem Fall, bei dem Grünenberg aus Feigheit einen Artikel nicht geschrieben hatte, war ihr Verhältnis abgekühlt. Es war die Zeit gewesen, in der Grünenberg zum Lokalchef aufgestiegen war.

»Ich habe eine Bitte, Klaus.«

»Die hast du doch immer, wenn du anrufst.« Grünenberg kokettierte mit seiner Rolle. Es war immer schön, sich die Wünsche anderer anzuhören und dann in Ruhe zu entscheiden, ob man ihnen entsprechen wollte.

Ihr werdet heute eine Meldung aus dem Präsidium bekommen, dass sich in Oslebs jemand umgebracht hat ...«

»Ist schon drin, die Meldung, Fritz.«

»Hm, ja dann. Gibt es keinen Weg, sie wieder herauszunehmen? Ich habe da meine Gründe ...«

»Und die wären?« Grünenberg ließ ihn zappeln, dabei hatte er längst dem Wunsch entsprochen, er kam seinen eigenen Bedürfnissen sehr entgegen, so erhielt er mehr Platz auf der ersten Lokalseite.

»Das wäre jetzt zu lang ...«, antwortete Pinneberger.

»Sag mir einen Grund!«

»Ich will nicht, dass jemand aus der Zeitung erfährt, dass dieser Mann sich umgebracht hat.«

»Gut, gebongt. Ich sehe, was ich tun kann.«

»Danke, Klaus, danke.«

Als Pinneberger aufgelegt hatte, ging Grünenberg an das fertige Layout der Seite eins. Also noch zwölf Zeilen mehr und Platz für eine weitere Zwischenüberschrift.

Schade um den Artikel über die kommende Badesaison, den maroden Zustand der öffentlichen Bäder.

Er hatte ihn selbst als Aufmacher geschrieben und mit einem Schmuckbild versehen lassen. Kurz vor Redaktionsschluss würde er ihn kippen.

Dafür kam sein Artikel über den KGB-Spion Müller, mitsamt dem Bild, das ihm der Informant zugespielt hatte.

Ein guter Plan.

Die Überraschung sollte vollständig sein.

Seit er die Bestätigung von Haller bekam, dass tatsächlich bürokratisches Versagen in den Kliniken vorlag, brauchte er keinen weiteren Beweis.

Noch auf dem Rückweg formulierte er den Vorspann für den Artikel, spielte auf die tadellose Karriere eines Aufsteigers mit Namen Müller an, der zwar Feinde in der eigenen Partei hatte, aber zugleich von einigen Freunden gehalten wurde. Und, was wir alle nicht wussten: *VS-Müller hat noch einen anderen Auftraggeber.*

Ganz entgegen seinen Gewohnheiten blieb Grünenberg den ganzen Tag trocken. Er saß an seiner *Monica* und schrieb immer wieder Passagen des Artikels um, dachte sich eine Entlarvungsstory aus, die nichts an Spannung vermissen ließ.

Durch Zufall wollte er erfahren haben, dass Müller und er am gleichen Urlaubsort in Italien waren. Aus reiner Neugier habe er sich erkundigt, wo Müller wohnte. Es gab nur ein Grand Hotel in Arezzo, dort machte der Leiter des Landesamtes für Verfassungsschutz Quartier.

In seinem bescheidenen Hotel wollte Grünenberg erfahren haben, dass im Hotel Palazzo schon seit Jahren Agenten der verschiedenen Nationen aus- und eingehen. Zuerst habe er das nicht geglaubt, aber dann seien große Limousinen vorgefahren, Leute mit Aktentaschen hätten sich in der Nähe des Hotels aufgehalten.

Das habe seine Neugier noch mehr geweckt.

Glücklicherweise habe er seine Kamera bereitgehabt, als er Müller mit zwei russischen Offizieren zusammenstehen sah. Dabei tat der Journalist so, als wolle er den Campanile des Domes fotografieren.

»Anfangs konnte ich es nicht glauben, was ich da fotografiert hatte, aber langsam verdichtete sich meine Vermutung, dass das Grand Hotel Palazzo die beste Tarnung war, um in

Ruhe Kontakte machen zu können. Zimmerpreis: 280 Mark pro Nacht.«

Nur zögernd habe er dann in der Hansestadt die Recherche weitergetrieben, weil es überhaupt keinen Sinn gemacht hätte, Müller direkt mit seinem Verdacht zu konfrontieren.

Wieder sei ihm der Zufall zu Hilfe gekommen, als er sich auf die Fährte von Müller setzte.

Der Bruder eines guten Freundes sei bei der Post beschäftigt, der habe ihm einen illegalen Dienst erwiesen. »Ich gebe zu, dass ich nicht leichtfertig diesen Entschluss gefasst habe, aber ich sah als Journalist keinen anderen Weg, das Dunkel aufzuhellen. Immerhin gilt es, einen Spion zu entlarven.«

Er habe nur kurze Zeit warten müssen, bis Müller am angezapften Telefon seine Mitteilungen an den KGB machte.

Gleich am nächsten Morgen las er sich den Text seines Enthüllungsartikels durch und fand ihn noch nicht ausgereift. Die Idee mit Italien konnte bleiben, aber die Spurensuche in der Hansestadt war dilettantisch erfunden.

Er überlegte, wie er Müllers Doppelspiel entdeckt haben konnte. Aber ihm fiel keine brauchbare Möglichkeit ein.

Illegal ein Telefon anzapfen und gleich das, mit dem der KGB informiert wird, war zu simpel.

Irgendjemand musste ihm die Information zugespielt haben, anders ging es nicht. Schließlich konnte er kaum herumfragen, ob jemand wisse, dass Müller ein Agent sei.

So erfand er *Deep throat*. Er hatte das in einem Hollywoodstreifen gesehen.

»Ich bekam einen Hinweis auf Müller, denn ich konnte mit dem, was ich in Italien fotografiert hatte, nichts anfangen. Meine Quelle sagte mir, dass Müller für den KGB arbeitet und wie er vorgeht. So bin ich ihm auf die Spur gekommen.«

Kurz bevor Klaus Grünenberg seinen Sonntagsdienst antrat, zerriss er den ganzen Artikel. Er würde nichts erfinden, würde schreiben, wie er als *Meister der Feder* angesprochen worden war, die Telefonanrufe in der Zelle, die Codewörter, er wollte schlicht beschreiben, wie er alles aufgedeckt hatte.

Er brauchte keine halbe Stunde, bis er den Artikel fertig hatte.

Das Telefon schrillte.

»Alles okay, Klaus? Kann die Eins raus?« Das war Peter Kaufmann aus der Setzerei.

»Nein, warte, ich komme runter, ich habe schon was auf der Mühle, und das neue Bild bring' ich mit.«

»Dann mach aber schnell, wir wollen auch nach Hause.«

Grünenberg spürte, dass es keine Minute zu früh war, um die kleine Änderung der ersten Lokalseite anzubringen.

Es würde eine Bombe sein.

10

Der Bürgermeister klopfte an die kleine Tischglocke auf dem grünen Filz.

Die Runde war vollzählig zur Sitzung am Montagmorgen erschienen. Die Gespräche waren lautstark und kannten nur ein Thema.

Die Herren trugen kaum voneinander zu unterscheidende Anzüge. Man konnte den Senatoren der Hansestadt jede Farbe verkaufen. Hauptsache sie war blau.

»Ein Rüpel ist das«, rief der Innensenator in die gerade eingetretene Pause. Alle wussten, wen er damit meinte.

»Es besteht kein Grund, die Tagesordnung zu verlassen«, sagte der Bürgermeister.

»Und ob ein Grund besteht«, tobte der Innensenator. »Ich beantrage sofortige Änderung der Tagesordnung.«

»Gegenrede, abgelehnt«, sagte der Kunstsenator, auf dessen kahlem Kopf der frische Hautwachs glänzte.

»Wir stimmen ab.«

Der Innensenator unterlag.

Dann sprach die Senatsrunde über die Werftenkrise, über Müllabfallbeseitigungsgesetze, über das nächste Schaffermahl.

Der Innensenator konnte es nicht fassen. Seine Stimmung war auf dem Tiefpunkt. Der Gedanke, dass mit dem Stuhl von Müller auch seiner in Gefahr geriet, verfolgte ihn seit der morgendlichen Lektüre.

»Ich möchte noch mal den Antrag stellen, über diesen rüpelhaften Artikel zu diskutieren. Ich glaube, wir müssen schnell handeln.«

»Ich sehe keinen Handlungs-, sondern mehr einen Klärungsbedarf, lieber Genosse.« Das war der Finanzsenator, dessen blauer Schlips mit dem roten Stadtwappen ein wenig zu locker gebunden war.

»Also gut«, sagte der Bürgermeister,»reden wir darüber. Was schlägst du vor?« Er fixierte den Innensenator.

Jeder in der Senatsrunde wusste, dass der große Manitou längst eine Entscheidung gefällt hatte. Aber stets ließ er seinen Senatoren den Freiraum, ihre Vorschläge zu unterbreiten, um dann doch das zu tun, was er wollte. Immerhin waren im Herbst Bürgerschaftswahlen.

»Ich werde gleich vor die Presse treten und die Suspendierung von Müller bekanntgeben. Wir werden ihn sofort vernehmen. Ich werde mich persönlich darum kümmern. Ich meine, wir müssen jetzt gleich, bevor, ich meine …« Er geriet ins Stottern, weil er sah, wie der große Manitou die Augen schloss. Der Innensenator wusste, dass das nichts Gutes bedeuten konnte.

»Weitere Vorschläge?«, fragte der Bürgermeister.

Die Senatsrunde blieb still. Jeder dachte, wie gut, dass es nicht in meinem Ressort eingeschlagen hat.

Das milde Sonnenlicht schien durch die altmodischen Butzenscheiben auf den runden Eichentisch, genau in die Mitte.

»Also, wir machen es so. Erstens, hier tritt keiner vor die Presse« Der Bürgermeister sprach äußerst gelassen.»Zweitens, wir werden prüfen. Drittens, wir können unseren Parteifreund Müller doch nicht in den Regen stellen, wie sieht das denn aus. Viertens, wir werden ihn für die Dauer der Prüfung von seinen Amtspflichten entbinden. Fünftens, wenn er wirklich ein KGB-Spion ist, werden wir mit ganzer Härte vorgehen.«

Wieder blickte der Bürgermeister seinen Innensenator an. Der verstand sofort. Er würde seinen Hut nehmen müssen, im Wahljahr gab es keine andere Möglichkeit. Immerhin hatte seine Partei bei der Bundestagswahl Einbußen erlitten.

»Aber uns wird doch ein Ansturm von Fragen ins Haus stehen«, erwiderte der Innensenator kleinlaut.

»Wir prüfen in Ruhe. Von der Presse lassen wir uns nicht wie die Sau durchs Dorf treiben.« Im breitflächigen Gesicht des Bürgermeisters war keine Emotion zu entdecken.

»Aber ein Skandal ist es«, warf der Kunstsenator ein.

»Mal sehen«, wiegelte der Bürgermeister ab.

Kaum hatten die Senatoren ihre Runde verlassen, wurden sie auf den Marmortreppen des Rathauses von Fernsehteams und Pressefotografen bestürmt.

Jeder wollte eine erste Stellungnahme. Die Senatoren versuchten so schnell wie möglich, dem Blitzlichtgewitter zu entgehen. Der Hafensenator hielt sogar seine Aktentasche vors Gesicht, um Sekunden später mit einem Lächeln zu überraschen. Er hatte einen Scherz gemacht.

Fragen wurden keine beantwortet.

Nur der Innensenator sagte zwei Worte: »Wir prüfen.« Dann verschwand auch er.

Michael Adler zeichnete einen geharnischten Kommentar für die *NORDSCHAU* auf: »Hier wird Vogel-Strauss-Politik betrieben, oder wir könnten es auch U-Boot-Politik nennen oder Gespensterpolitik. Da kommt heraus, dass ein wichtiger Mann in unserer Stadt ein gefährliches Doppelspiel spielt, wer weiß denn, was er alles verraten hat, zu welchen Geheimnissen er Zugang hat, und die Herren Politiker machen sich aus dem Staub. Wir prüfen, hat der Innensenator gesagt. Das kann lange dauern.«

In der Redaktionskonferenz gab es Sonderapplaus für Grünenberg, als er, mit Absicht leicht verspätet, den hellen Raum betrat. Die Kolleginnen und Kollegen klopften auf den Tisch. Er musste berichten.

Grünenberg hielt sich bewusst knapp. Was sollte er mehr sagen, als in seinem Artikel geschrieben stand. »Das Schwierigste war wie immer, nichts zu verraten. Ein kleiner Hinweis an meine jüngeren Mitarbeiter. Wenn ihr zu früh bellt, hört euch keiner.«

Der Redakteur, der am Morgen vor dem Senatssaal gewartet hatte, kam herein: »Großes Durcheinander, keiner sagt was.«

»Umso besser«, gab Grünenberg von sich, »die haben jetzt genug zu tun, die Scherben aufzusammeln.«

»Hast du denn noch was zum Nachlegen?« fragte Mammen, den der Erfolg seines Chefs durchaus freute, nur schade, dass es im Kulturbereich nicht solche Geschichten zu vermelden gab.

Grünenberg schüttelte den Kopf.

Ich wusste, dass ich etwas übersehen habe, dachte er. Es wäre besser gewesen, wenn ich heute noch weiteres Material vorlegen würde. Aber wahrscheinlich bringt der Tag genügend Informationen zu meinem Artikel.

Dann gingen sie zur Tagesordnung über.

Der Aufmacher auf der Eins wurde freigehalten.

Für die Fortsetzung der Spionage-Geschichte.

Zweimal kam die Sekretärin herein und bat Grünenberg, ans Telefon zu kommen. Rundfunkanstalten wollten Interviews für ihre Mittagsmagazine. Die Meldung war schon über die Nachrichtenticker gelaufen.

»Erst die Arbeit, dann die Ehre.« Grünenberg tat so, als würde ihn das alles nicht besonders aufregen.

Die Tür ging auf, und der Verlagsleiter stand in der Redaktion. »Grünenberg, die Verleger möchten Sie sprechen. Kommen Sie.«

»Wir sind gleich fertig«, antwortete Grünenberg.

»Gut, ich warte.«

Der Verlagsleiter blieb stehen. Er trug an diesem Morgen einen hellen Sommeranzug, der gar nicht zu dem grauen Wetter in der Hansestadt passte.

Zehn Minuten später standen die beiden Journalisten der *Weser-Nachrichten* vor drei Herren des Verlagsmanagements.

»Sind Sie ganz sicher?«, fragte der erste.

»Haben Sie weitere Beweise?«, der zweite.

»Wenn alles so stimmt, dann haben Sie einen tollen Scoop gelandet«, das war der dritte Herr, der den *primus inter pares* spielte.

Grünenberg musste noch mal erzählen, wie alles vonstattengegangen war, und warum er ganz sicher behaupten konnte, dass Müller für den KGB arbeitete. »Und wenn es nicht der KGB ist, sondern das Ministerium für Staatssicherheit. Das wäre die einzige Unsicherheit. Aber alles deutet darauf hin ...«

»Das sollte aber noch geklärt werden«, warf der Verlagsleiter ein. Er kam sich heute besonders wichtig vor. Immerhin hatte er Grünenberg zum Lokalchef befördert. Ein Teil des Erfolges beanspruchte also auch er für sich. Eigentlich fühlten sich alle anwesenden Herren als Väter dieses Triumphes.

»Warten wir ab«, sagte Klaus Grünenberg. »Müller wird sich bestimmt heute melden, wenn man ihm nicht Redeverbot erteilt.«

»Und jetzt lassen Sie sich feiern.«

Grünenberg wusste nicht, was der dritte Herr damit meinte. Er glaubte nicht, dass nun eine Flasche Schampus aufgemacht werden würde. Den hätte er selbst mitbringen müssen.

Michael Adler war zufrieden mit dem Interview, das Grünenberg ihm für die abendliche Ausgabe der *NORDSCHAU* gegeben hatte. Vor laufender Kamera hörten sie das Band ab, auf dem das Telefongespräch mit Boris aufgezeichnet war, dann sprachen sie über Müller.

Vor der Tür wartete Dr. Legeisen, der sich lautstark beschwerte, dass mal wieder die Kollegen vom Fernsehen eine Sonderbehandlung erfahren würden.

»Jetzt hol' ich mir Müller«, sagte Adler, während sein Team das Licht abbaute.

»Da würde ich gerne mitkommen!« Grünenberg lachte.

Michael Adler winkte ab, er würde ihn sofort informieren, wenn Müller zu einer Stellungnahme bereit sei. »Und außerdem haben wir gar keinen Platz im Teamwagen.«

»Ich könnte sowieso nicht weg«, erwiderte Grünenberg, der spürte, dass Adler ihn abblitzen ließ.

Der rot-gelbe Wagen des Fernsehens war ein umgebauter Kleintransporter.

»Zum Landesamt für Verfassungsschutz«, sagte Adler, als er mit den Kollegen einstieg.

Der dienstplanmäßige Fahrer gab Gas.

Die Story hätten wir haben müssen, aber wir holen uns unseren Teil noch, dachte Adler. Er war nicht besonders gut gelaunt. Nicht nur, weil er sich am Sonntag den Fuß verknackst hatte, sondern weil er montags fast nie etwas zu tun hatte. Montags war in der *NORDSCHAU Sport* an der Reihe. Das schwache Abschneiden der Werder-Mannschaft wurde immer ausführlich nachbetrachtet.

Als sie vor dem Landesamt für Verfassungsschutz ankamen, stand dort schon eine Traube von Pressefotografen und Journalisten.

»Wir gehen hintenrum«, sagte Adler, der seinen Kameramann antrieb.

Sie stiegen über die schmale Hecke, betraten die kleine Rasenfläche. Michael Adler sprang auf den Mauervorsprung und klopfte an eins der Fenster.

Er musste sich gut festhalten, um nicht herunterzufallen.

»Hast du die Kamera parat?« rief er, kurz bevor das Fenster geöffnet wurde.

Eine Frau fragte, was dieser Aufstand solle.

»Ist Herr Müller im Hause?«, fragte Adler, »wir würden ihn gerne interviewen.«

»Der ist schon seit heute Morgen in der Innenbehörde.«
»Danke, mehr wollte ich nicht wissen.«
Adler sprang zurück auf den Rasen.
»Und jetzt leise, keinen Ton«, befahl er. Die drei Fernsehleute gingen an der wartenden Meute vorbei, als hätten sie gerade ein Schnittbild von der Rückansicht des Gebäudes gedreht.

Im Bus fragte Adler, ob der Kameramann auch alles draufhabe.

»Stell dich nicht so an«, blökte der Kameramann zurück, »ich weiß schon, wann ich draufhalten muss.«

Der Pförtner der Innenbehörde hatte strikte Anweisung, niemand ins Gebäude zu lassen. Zu seiner Verstärkung waren ein Dutzend Polizisten aufgezogen, hinter den Glastüren gut zu erkennen.

Adler ließ die Bewachung filmen und hoffte, dass einer der Polizisten herauskommen würde. Aber sie rührten sich nicht.

»Wann wird denn mit einer Stellungnahme zu rechnen sein?« fragte er den Pförtner.

»Das kann ich Ihnen wirklich nicht sagen«, kam die Antwort. Michael Adler stellte sich auf eine lange Wartezeit ein.

Der Bericht in der NORDSCHAU gefiel Grünenberg gar nicht, auch wenn er sein Interview ganz gut fand. Richtig spannend hatte er die Entdeckungsgeschichte erzählt, und Adler hatte das Gespräch auch nicht auseinandergeschnitten. Aber es gab keine weiteren Neuigkeiten.

Die Behörden mauerten. Nichts zu machen.

Weder die sonst so eifrigen Pressesprecher waren erschienen, noch die fernsehfreudigen Senatoren oder gar der mediengewandte Bürgermeister selbst. Sie hielten sich alle zurück.

Der Bericht war ein einziger Kommentar, den Adler an verschiedenen Stellen in der Stadt aufgenommen hatte. Nur die Szene, wie er versuchte, von hinten in das Landesamt für Verfassungsschutz einzusteigen, gefiel Grünenberg.

Er hatte über zwanzig Interviews gegeben, in fast allen Rundfunkanstalten kam er zu Wort, auch das Team des ZDF wurde am Nachmittag aktiv.

Aber es gab keine Neuigkeiten.

Diese Stille beunruhigte ihn.

Sein Schuss hatte getroffen. Soviel stand fest.

Er saß in seinem Wohnzimmer und wartete auf die *TAGESSCHAU*, vielleicht würden die ja sogar eine Meldung bringen.

Es gab noch etwas anderes, was Grünenberg am Tag seines Triumphes erheblich die Laune verhagelte.

In einer vorgezogenen Ausgabe erschien der *STERN* mit den Tagebüchern Hitlers.

Ein Reporter hatte über Jahre recherchiert. Man hatte weder Kosten noch Spesen gescheut und die bislang geheimen Tagebücher des Führers entdeckt.

Das war eine ungleich größere Sensation für die Republik.

Unsere anfängliche Skepsis wandelte sich rasch in kopfschüttelndes Staunen. Es ist schlicht unglaublich. Schon der Umfang der Dokumentenfunde rechtfertigt die Schlussfolgerung: Die Geschichte des Dritten Reiches muss teilweise umgeschrieben werden. Der Inhalt erst recht: In völlig neuem Licht erscheint der Fall Heß, der Flug des Führer-Stellvertreters nach England. Wer ahnte auch nur, wie Hitler insgeheim seinem obersten Folterknecht Himmler misstraute. Noch immer rätseln die Historiker, wann der Diktator den Entschluss zum Überfall auf die Sowjetunion fasste. Die Tagebücher enthüllen es. Am heikelsten: Hitlers Äußerungen über die Juden.«

Die Illustrierte rühmte die Veröffentlichung als *den größten journalistischen Scoop* in der deutschen Nachkriegsgeschichte.

Alle werden darüber reden, dachte Grünenberg, während er vorsichtig an einem Mineralwasser nippte. Den ganzen Tag hatte er keinen Alkohol angerührt.

Sie wollten am Abend ins Schnoor gehen und kräftig einen draufmachen, da wollte er fit sein. Schließlich galt die Feier ihm.

Am nächsten Tag würde im Wesentlichen ein Aufguss erscheinen, ein paar Stimmen von Leuten, die in der Hansestadt etwas zu sagen hatten. Allerdings nichts von Senatoren und Bürgermeister. Die schwiegen ja beharrlich.

Michael Adler hatte zweimal im Laufe des Nachmittags angerufen, nur um mitzuteilen, dass niemand aus den oberen Etagen bereit war, vor die Kameras zu treten.

Grünenberg warf den *Stern* in den Papierkorb. Hätte der nicht ein paar Tage später erscheinen können?

11

Für diesen Besuch hatte Klaus Waterman einen Anzug gekauft, einen billigen von der Stange. Während der Nachtfahrt im Zug nach Berlin trug er seine rote Cordhose und zog sich in der Toilette vom Bahnhof Zoo um.

Als er sich im Spiegel betrachtete, kam er sich durchaus lächerlich vor. Er würde sich erneut umziehen müssen, wenn er später in die Redaktion der *tageszeitung* fuhr.

So bin ich denn ein Umzieher geworden, dachte er.

Er nahm den Bus zum Sender.

Der Redakteur hatte am Telefon gesagt: »Ja, das ist ein wunderschönes Thema, dazu würde ich gerne eine gut recherchierte Reportage haben, am besten Sie kommen gleich mal nach Berlin.«

Waterman hatte die Einladung gefreut. Als er nachfragte, wann er in der Redaktion auftauchen könne, da er schon sehr früh in Berlin sei, sagte der Redakteur: »Das ist mir nur recht, was man am Morgen besorgen kann ...« Sie einigten sich auf neun Uhr.

An dem alten, geschwungenen Gebäude des SFB stieg Waterman aus.

Er ging in Ruhe noch mal seine Notizen durch. Er wollte ein Feature über die Wandlungen in der alternativen Medienszene machen, wie aus den einstmals radikalen Blättern zahme Blättchen geworden waren. Dazu wollte er zwei, drei Redaktionen in der Republik aufsuchen.

Am Empfang sagte ihm der Portier: »Der ist noch nicht da, wollen Sie warten?«

»Ja, sicher.« Waterman war verstört, weil es neun Uhr war und er sich bestimmt nicht verhört hatte.

»Gibt es eine Kantine?«

»Ja, aber ich kann Sie nicht dorthin lassen, weil Ihr Gesprächspartner noch nicht eingetroffen ist.«

Klaus hatte gar nicht gewusst, dass es so schwer war, in eine öffentlich-rechtliche Anstalt zu gelangen.

»Und die Sekretärin, ist die da?« Er ließ sich nicht unterkriegen.

»Warten Sie, ich frage mal nach.«

Der Portier schloss das kleine runde Fenster, durch das sie miteinander verhandelt hatten.

Er fuhr mit dem Finger im dicken Telefonverzeichnis die Namensliste entlang, dann setzte er seine Brille ab und wählte. Langsam.

Klaus hoffte, dass nicht gerade in diesem Augenblick sein Redakteur vorbeikam. Sie kannten sich ja nicht. Die Mitarbeiter des Hauses hielten ein Plastikkärtchen hoch, als sie das Gebäude betraten. *Da hätte ich nur irgendwas hochhalten müssen,* dachte Klaus. Es gab Mitarbeiter, die nickten einfach dem Portier zu.

»Sie können raufgehen«, sagte der Portier, »vierter Stock, Zimmer 456.«

Waterman bedankte sich.

Er nahm den langsamen Paternoster, in dem immer nur zwei Mitarbeiter stehen konnten.

Die Sekretärin empfing ihn missmutig. »Wollse en Kaffe?«

»Ja, gerne«, sagte Klaus.

»Is noch nicht fertig, kommt aber.« Die Sekretärin trug ein gelbes, hochgeschlossenes Kleid.

Klaus Waterman wusste nicht, was er sagen sollte.

Es war zehn nach neun.

»Nehmense doch Platz, kost das gleiche Geld.« Die Sekretärin hantierte an der Kaffeemaschine.

Das Telefon klingelte.

Jemand wollte wissen, ob er das Manuskript einer Sendung bekommen könnte.

»Wir verschicken keine Manuskripte mehr, Sparmaßnahmen!« Sie legte auf, ohne noch etwas zu sagen.

Der Kaffee tropfte langsam durch den Filter. Waterman starrte auf diesen Vorgang.

Ihm fiel keine Bemerkung ein, also schwieg er. Peinlich, peinlich.

Immerhin würde die Bezahlung so anständig, dass er davon einen Monat lang Urlaub machen konnte. Er wollte nach Südfrankreich, um Aussteiger-Freunde besuchen.

Wieder ging das Telefon.

»Ja, bitte.«

Die Sekretärin nuschelte.

»Nein, da sind Se hier nich richtig, ich verbindse.« Sie drückte einen Knopf und wählte eine Nummer.

»Ein Gespräch.« Dann legte sie auf.

»Immer unverschämter werden diese Zuhörer, also wirklich, was ich aushalten muss...«

Klaus sah auf die Uhr, weil er nicht wusste, was er dazu sagen sollte. Wahrscheinlich gibt es zwei Gruppen in der Bevölkerung, die in so einem Sender stören: die freien Autoren und die Zuhörer. Ohne sie könnte ein solcher Betrieb ganz störungsfrei laufen. Er erinnerte sich an die Definition von Rüdiger Kremer: Verwaltungsapparat mit eigenem Sendemast.

»Ihr Kaffe!« Die Sekretärin hielt ihm die Tasse hin. Klaus bedankte sich überschwänglich, machte einige Komplimente über den guten Kaffee, verstieg sich in allgemeine Bemerkungen über dessen Anbau in Mittelamerika.

Die Tür ging auf.

Halb zehn.

Der Redakteur kam herein.

»Ist Kaffee da«, sagte er zur Begrüßung.

Wortlos reichte ihm die Sekretärin die große, schwarze Tasse.

Der Redakteur verschwand in seinem Büro.

»Das isser«, sagte sie und zeigte mit dem Finger auf die Tür, die gerade zugezogen worden war.

Sie nahm den Hörer ab.

»Da ist Besuch für Sie. Klaus Waterman.«

Es dauerte eine Weile, dann legte sie den Hörer neben das Telefon. »Sie solln sich zehn Minuten gedulden, morjens ist er meistens nich gut aufgelegt.«

Klaus kratzte sich am Kopf. Das hatte am Telefon ganz anders geklungen.

Zwanzig Minuten später erfuhr er zum ersten Mal, was mit Manuskripten von freien Autoren geschah.

Der Redakteur zeigte auf die überfüllten Regale. »Das hier sind die Manuskripte, die ich abgelehnt habe, das hier sind die, die ich noch lesen muss, und diese hier hab' ich gesendet.«

Jedes Mal zeigte er auf eine andere Wand. Die abgelehnten Manuskripte nahmen die Breitseite des Raumes ein.

Klaus war beeindruckt, eingeschüchtert. Hoffentlich verlief sein Besuch bei der *tageszeitung* am Nachmittag anders, sonst wäre der Ausflug nach Berlin ein pekuniär Flopp geworden.

Seit dem Artikel in den *Weser-Nachrichten* gab es im Polizeipräsidium nur ein Thema. Jeder wollte erfahren haben, was mit Müller geschehen würde. Es tauchten die wildesten Gerüchte auf: Er wird Senatsdirektor beim Innensenator, dort war gerade eine Position frei geworden – nein, er wird vorzeitig mit Pensionsanspruch und Abfindung in den Ruhestand entlassen – wieder andere behaupteten, genau zu wissen, dass man Müller zum Bundesamt für Verfassungsschutz in Köln abschieben würde.

Der Polizeipräsident stopfte seine Pfeife. Ihm machte es Freude zu sehen, wie engagiert seine Mitarbeiter dieses

Thema diskutierten. Dabei saßen sie zusammen, um Erkenntnisse auszutauschen, eine Sitzung des Krisenstabes, die Mantz einberufen hatte. Lang war Zaungast, weil er als Kriminaldirektor nicht direkt mit dem Fall zu tun hatte.

Die Leitung des Dezernates für politische Straftaten war vollzählig erschienen: Homann, der an diesem Morgen beim Rasieren zum falschen Messer gegriffen haben musste – Herzog, dessen Brillengläser so dick waren, dass man ihn für einen Ost-Spion halten konnte – Hansen trug einen silbernen Stern an goldener Kette, gleichsam ein selbst verliehener Orden.

»Wir müssen eine Frage zu Anfang stellen.« Mantz nahm einen tiefen Zug aus seiner Pfeife. Seit seinem Besuch in der chinesischen Partnerstadt rauchte er ein undefinierbares Kraut, leicht mit Gras zu verwechseln.

»Wenn Müller all die Jahre für den KGB spioniert hat, kennen die Russen doch unsere gesamte Infrastruktur, ich meine, dann haben die Informationen über jeden von uns, wahrscheinlich sind wir alle, die wir hier sitzen, in deren Computer und Archiven. Deswegen stelle ich seit Tagen Überlegungen an, wie wir am besten durch personelle Umsetzungen, durch Umbenennungen, durch eine Veränderung der gesamten Strukturen ein neues Gesicht bekommen können, das dem KGB nicht bekannt ist.«

»Aha«, sagte Herzog.

»Sehr gut«, warf Hansen ein.

Homann, der Leiter des Dezernates geworden war und schon lange im Clinch mit dem Verfassungsschutz lag, nickte eifrig. »Eine Umstrukturierung wäre das Beste. Ich hätte da auch schon einen Plan ...«

Mantz winkte ab.

»Lassen Sie mal, Homann. Das ist Sache der Planungsabteilung.«

»Sehr gut«, sagte Hansen.

»Aha«, warf Herzog ein.

Der Polizeipräsident hatte selbst einen Plan, mit dem er endlich einige unliebsame Beamte aus seiner Nähe entfernen und dafür andere heranziehen konnte, die seiner eher konservativen Einstellung entsprachen.

»Gibt es denn eine Planungsabteilung, das wusste ich gar nicht?« fragte Homann.

»Doch, doch.« Mantz hüllte sich in Pfeifenqualm.

Im Polizeipräsidium waren zwei Fraktionen entstanden, die sich in der Beurteilung des Falles Müller nicht genau unterscheiden ließen. Die einen behaupteten, den Leiter des Verfassungsschutzes schon immer für eine windige Figur gehalten zu haben, lauter auffällige Merkmale: der Mann trug oftmals gelbe Schuhe. Die anderen meinten, endlich sei nun erwiesen, dass die Verfassungsschützer lauter Nichtsnutze seien, Aufschneider, Informationseiferer.

Mal wieder wurde die Geschichte aufgewärmt, wie ein Trupp des Verfassungsschutzes eine Wohngemeinschaft in der Neustadt observiert hatte. Sie mieteten eine Wohnung an, stellten Kameras und lange Mikrofone auf, wechselten sich auffällig in der Observation der Wohngemeinschaft ab. Dabei wurden sie entdeckt. Zu einem günstigen Zeitpunkt stürmten die Observierten die Etage und warfen alle Geräte aus dem dritten Stock. Sie fanden die Aufzeichnungen, in denen ihre gesamten Essen-, Schlafens- und Liebenszeiten festgehalten waren. Die ganze Stadt lachte über diesen Dilettantismus. Am lautesten jedoch das Dezernat für politische Straftaten, dessen Leiter sich hier bei Mantz versammelt hatten.

»Ich habe einen Vorschlag zu machen«, sagte Homann.

Seit seiner Beförderung waren seine Haare fein gescheitelt, der Anzug saß, wenn auch etwas zu weit, korrekt. »Ich bin dafür, dass wir nach und nach alle Mitarbeiter des Präsidiums überprüfen, damit uns nicht eine solche Schlappe überrascht. Was meinen Sie dazu?«

Er sah den Polizeipräsidenten an, der sich gerade mit geschlossenen Augen zurückgelehnt hatte.

»Hm, nicht schlecht, eine solche Panne bei uns, das wäre natürlich jetzt das Größte für den Verfassungsschutz, dann wären die aus dem Schneider, voll rehabilitiert.« Mantz hielt die Augen geschlossen.

Die Tür wurde aufgerissen.

Pinneberger starrte in den Nebel.

»Lang, wir müssen dringend miteinander sprechen! Es haben sich einige Neuigkeiten im Fall Döhler ergeben, und Sie wollten doch...«

Kriminaldirektor Lang, der die ganze Zeit stumm in dieser Runde dabeigesessen hatte, reagierte barsch: »Raus, Pinneberger, wir haben hier Ernsteres zu tun. Heute nicht mehr.«

Pinneberger zog die Tür zu. Lautstark.

»Wenn wir unser Personal, sagen wir, um fünfzehn weitere Mitarbeiter aufstocken würden, dann könnte diese Überprüfung in einem halben Jahr abgeschlossen werden.« Homann fuhr über sein glattes Kinn. Nur diese Schnittstelle an der rechten Wange ...

»Ach, daher weht der Wind«, unterbrach ihn der Polizeipräsident, »Sie wollen sich vergrößern.«

Das 10. Kommissariat, das für politische Straftaten zuständig war, führte nicht gerade ein Schattendasein, aber im Vergleich zu den wirklich großen Dezernaten war es ein kleiner Laden. Homann wollte dafür sorgen, dass man aus dem Schatten heraustrat. Das hatte er bei einer Sitzung im Kommissariat seinen Mitarbeitern versprochen. Was konnte nützlicher sein als der Skandal um den Leiter des Verfassungsschutzes.

»Da hab' ich aber auch noch ein Wörtchen mitzureden«, sagte Lang, der seine Pfründe gefährdet sah, denn es würden bestimmt, aufgrund der sparsamen Haushaltspolitik, keine neuen Stellen errichtet, sondern vielmehr welche aus anderen Dezernaten abgezogen.

»So schnell schießen die Preußen nicht, meine Herren.« Mantz sah in die Runde, »erst mal müssen wir ja Müller zu den Vorwürfen hören.«

»Aha«, sagte Herzog.

»Sehr gut«, warf Hansen ein.

Was Grünenberg auch anstellte, er bekam Müller nicht ans Telefon. Der Leiter des Verfassungsschutzes blieb versteckt. Das Rätselraten unter den Journalisten begann. Die einen wähnten ihn in Wiesbaden beim Bundeskriminalamt, die anderen im Gefängnis.

Immer wenn Grünenberg versuchte, mit dem Pressesprecher der Innenbehörde ins Gespräch zu kommen, dann hieß es: »Mit Ihnen reden wir nie wieder.«

Auch eine Antwort, dachte Grünenberg und begann damit einen Kommentar über die mangelnde Kooperation zwischen Behörde und Presse.

Der Verlagsleiter hatte ihn aufgefordert, das Thema nicht weiter abzukochen, nicht bevor Müller selbst zu Wort gekommen war.

Noch ein paarmal wählte Grünenberg die Nummer, die er von seinem Informanten bekommen hatte. Die Leitung war stets belegt. Er wollte einen Bekannten im Fernmeldeamt einschalten, um herauszufinden, wo sich dieser Anschluss befand. Die Telefonnummer von Boris hatte er in keinem Artikel erwähnt.

Ein wenig kam sich der Lokalchef vor, als sei er seit der Veröffentlichung des Artikels an die Leine gelegt worden. Es kamen zwar hin und wieder noch Interview-Wünsche, auch einige Provinzzeitungen griffen den Fall auf, aber ansonsten blieb es merkwürdig still.

Wie anders wurde der Fund der Hitler-Tagebücher gefeiert. Jeden Tag gab es große Artikel, gleich welche Zeitung man aufschlug. Mal forderte die bayrische Landesregierung, dass die Tagebücher nach München gehörten, sie hatten diesbezüglich schon einen Antrag gestellt – mal gab es ernstzunehmende Stimmen, die behaupteten, dass Hitler nach dem Attentat 1944 gar nicht mehr mit der rechten Hand schreiben konnte, dass er eher ein schreibfauler Mensch gewesen sei. Für die Unterschrift auf Urkunden habe er einen Stempel benutzt.

Grünenberg verfolgte diese Presseschlacht mit gemischten Gefühlen. Er beneidete den Reporter, der die Tagebücher entdeckt hatte. Immerhin zahlte ihm der *Stern* fast zehn Millionen Mark dafür.

Das Wort vom *Scheckbuchjournalismus*, das seit Jahren durch die Medienrepublik geisterte, war in diesem Fall nie erwähnt worden. Als sei der Fund ausschließlich der Spürnase des Reporters zu verdanken.

Die Sekretärin kam herein.

»Es ist Müller«, rief sie in die Redaktionskonferenz.

Grünenberg sprang auf.

»Leg es in mein Büro!« Er wollte nicht, dass alle mithören konnten.

Endlich.

Wieso hatte das solange gedauert?

Wahrscheinlich hat man ihm keine Aussagegenehmigung erteilt, dachte Grünenberg, *er wird gar nichts sagen dürfen.*

Das Telefon summte in seinem Büro.

Er ließ es klingeln, um sich zu konzentrieren. Immer, wenn er einen wichtigen Anruf zu machen hatte oder jemand anrief, von dem er einiges erfahren konnte, dann wartete Grünenberg einen Augenblick, tippte sich mit dem rechten Zeigefinger an die Stirn, genau zwischen beide Augen. Das entspannte ihn.

Er nahm den Hörer auf.

»Ja, hier Grünenberg«, sagte er trocken.

»Hat also geklappt, wie?«
Grünenberg hielt den Hörer entfernt.
Die piepsige Stimme.
»Wie meinen Sie das?«
»Wie ich es sage«, kam die Antwort.
»Sie sind doch nicht Müller?«
»Was spielt das für eine Rolle? Sie haben Ihre Geschichte, wir haben unsern Müller. Ein faires Geschäft, würde ich sagen.«
»Und wer sind Sie?« fragte Grünenberg, dem keine klügere Frage einfiel.
»Das tut nichts zur Sache. Ende der Mitteilung.«
Grünenberg hielt den Hörer in der Hand. Das war nie und nimmer die Stimme von Müller.

Was sollte er den Kollegen in der Redaktionskonferenz sagen? Er musste sich schnell etwas einfallen lassen. Seinen Informanten *Deep throat* durfte er nicht preisgeben. Auf keinen Fall. Das hätte zu seinem kompletten Absturz geführt.

12

Auf der Bahnfahrt nach München ließ sich Pinneberger über Dienstreisen aus, und wie schwer es war, sie zu beantragen, und wieviel Formulare in dreifacher Ausfertigung zu schreiben waren, und ab welchem Dienstgrad man mit dem Flugzeug reisen durfte. Oberkommissare fuhren Bahn.

Karl Schlink staunte, welche bürokratischen Hürden zu überwinden waren.

Die beiden Kollegen kamen sich näher. Weil Pinneberger aufhörte, Schlink als einen Aktenschnüffler anzusehen, und Schlink zugeben konnte, dass er von vielem noch keine Ahnung hatte.

Dr. Stenzler hatte sich gemeldet.

Telefonisch.

»Ich habe erfahren, was Konz gemacht hat. Furchtbar, wirklich. Ich habe mit allem gerechnet, aber nicht mit einem Selbstmord. Wenn ich das gewusst hätte, aber konnte ich das ahnen? Sagen Sie es mir.«

Pinneberger hatte ihn aufgefordert, in die Hansestadt zurückzukehren, aber Dr. Stenzler war dazu nicht zu bewegen.

»Kommen Sie nach Starnberg. Hier fühle ich mich sicherer!«

Dann hatte Pinneberger die Dienstreise beantragt. Wenn es sich nicht um den bekannten Gerichtsgutachter Dr. Stenzler gehandelt hätte, wäre sein Antrag mit Sicherheit abgelehnt worden. Lang hatte ihm zu verstehen gegeben, dass die Einvernahme von Stenzler endlich Klarheit bringen müsse.

Schlink hatte gesagt: »Wir recherchieren noch!« Auch das gefiel Pinneberger.

Als sie vor dem kleinen Haus in der Bergstraße standen, Schindelverkleidung, grüne Fensterläden mit Blumenkästen, fühlten sich beide eher im Urlaub als auf einer Dienstreise.

Dr. Stenzler trug ein offenes Hemd, eine helle, derbe Hose und Wanderschuhe. Sein weißes Haar war nicht nach hinten gekämmt, es hing ungewaschen und in Strähnen am Kopf. Er hatte Ränder unter den Augen.

»Kommen Sie rein«, sagte er leise.

Pinneberger und Schlink traten in ein deutsches Wohnzimmer: kleine Madonnenfigürchen, ein grober Filzteppich, ein Schiff in der Flasche mit Gruß aus der Hansestadt.

»Meine Mutter hat sich dieses Häuschen eingerichtet. Schauen Sie sich ruhig um.«

Pinneberger fing an zu lachen, als er ein Paar Frankfurter Würstchen sah, zu einem Dom aufgerichtet. Alles Plastik hier.

Schlink hielt eine große Muschel in der Hand, eine Spieluhr mit holsteinischer Tanzgruppe, die sich unaufhörlich drehte, wenn sie eingeschaltet wurde.

»Ich traue mich nicht, etwas wegzuwerfen.«

Stenzler stellte eine Flasche Enzian auf den Tisch und holte drei bunt verzierte Gläschen aus dem Wandschrank. Und schenkte ein.

»Wenn Sie bitte Platz nehmen würden«, sagte Stenzler kaum hörbar

Pinneberger sah die roten Flecken am Hals und auf der Brust des Gutachters. Wie Feuer.

»Sie werden eine Erklärung von mir erwarten«, begann der Gutachter, »deswegen habe ich Sie herkommen lassen.«

Pinneberger spielte auf die Dienstreise an: »So was muss sich für uns ja lohnen.«

»Also, um es kurz zu machen. Ich bin nicht der Mörder von Döhler!«

»Ach«, sagte Schlink, »das werden Sie beweisen müssen.«

»Aber Konz hat Döhler auch nicht umgebracht«, sagte Stenzler, der seinen Enzian in einem Zug geleert hatte. »Der Konz war es nicht.«

Schlink rührte sein Glas nicht an.

Pinneberger trank einen Schluck. *Fürchterlich das Zeug, wahrscheinlich für hart gesottene Wanderer gemacht.*

»Ich bin schuld an dem Selbstmord. Das können Sie festhalten. Wenn ich gewusst hätte, dass der Fred ...« Stenzler brach ab.

Sie sahen Tränen in seinem Gesicht.

Er schluchzte wie ein Kind. Stoßweise.

Schrill.

Unaufhörlich.

Pinneberger wäre am liebsten aufgestanden und hätte den Gutachter umarmt. *Was hindert mich daran,* dachte er.

Aber er blieb sitzen.

»Wenn ich gewusst hätte«, begann Stenzler wieder.

Er schluckte ein paarmal.

Schlink sah Pinneberger hilfesuchend an, am liebsten wäre er rausgelaufen.

»Es war seine Frau«, presste Stenzler hervor. »Er hat sie schützen wollen. Ich habe es gewusst. Aber konnte nichts tun. Ich durfte es nicht sagen. Er hat mich darauf eingeschworen. Gleich, als wir uns im Gefängnis zum ersten Mal gegenübersaßen, hat er es mir gestanden. Hat mich zum Vertrauten gemacht. Er wollte seine Frau schützen.«

»Und dann haben Sie sich bezichtigt, damit der Fall wieder aufgerollt wird?« fragte Pinneberger.

»Auch, ja, aber eigentlich wollte ich, dass der Verdacht gegen Konz fallengelassen wird, weil ich ja wusste ... und dennoch nichts sagen durfte.«

Schlink hatte sich wieder soweit im Griff, dass er ins Fragen geriet. Als Gutachter habe er doch einen Eid geleistet, wie er denn eine falsche Aussage machen könne, wie er dazu komme, eine Mörderin zu decken...

Dr. Stenzler schüttelte den Kopf. »Das ist alles schwer zu begreifen. Ich weiß selbst kaum, warum ich das gemacht habe. Ich hatte Fred mein Wort gegeben, dass ich seine Frau nicht verraten würde, dass ich versuchen würde, ihn mit meinem psychologischen Gutachten freizubekommen, aber das ging schief. Er wurde verurteilt.«

Pinneberger schwankte zwischen Anteilnahme und aufkommendem Ärger. Was bildete sich dieser Gutachter ein? Durch seine Falschaussage war er straffällig geworden. Sollten das die Juristen beurteilen. Kriminaldirektor Lang würde das Protokoll freuen, dessen Auftrag war ausgeführt. Das passte Pinneberger überhaupt nicht.

Zwei Stunden später hatten sie Stenzlers Aussage aufgenommen. Er unterschrieb sie, wobei er sich den Text nicht mehr durchlas. »Ich werde hierbleiben«, sagte Stenzler, »nur wenn es dringend notwendig wird, möchte ich in die Hansestadt zurückkehren. Zu viele Erinnerungen, verstehen Sie?«

Pinneberger hatte kein Verständnis. Und sagte es auch.

Sie verabschiedeten sich.

Es war ein warmer Tag. Als sei die Republik geteilt, im Norden eine endlose Reihe von kühlen und grauen Tage, die nicht abreißen wollten, und im Süden war Frühling, dem Kalender gemäß.

»Wir fahren nicht gleich zurück«, bestimmte Pinneberger, »wir haben, was wir brauchen, und schneller als gedacht, also machen wir uns einen schönen Tag.«

Schlink strahlte.

Pinneberger wollte diese Dienstreise genießen.

»Ich bin damit nicht klargekommen, Fritz«, sagte Schlink, »als Stenzler anfing zu heulen, ich meine …«

»Mir ging es ähnlich, aber ich bin länger im Trott, habe schon häufiger solche emotionalen Ausbrüche erlebt. Da kriegst du eine Hornhaut, aber ich spüre, wie sehr mich dieses dicke Fell ärgert.«

Sie suchten sich ein Gartenrestaurant am See und sprachen den ganzen Nachmittag über das verkorkste Leben als Polizist.

Michael Adler hatte einen Kater, nicht, weil er zu viel getrunken hatte. Trotz der vier Halben war er ganz nüchtern.

Seine frühere Freundin Wilma war zu Besuch gekommen, hatte ihn fast den ganzen Tag über begleitet, von Konferenz zu Konferenz, hatte im Schneideraum gesessen, als die einzelnen Beiträge der Autoren für die abendliche NORD-SCHAU abgenommen wurden. »Ihr benehmt euch untereinander wie Kampfhähne«, hatte sie gesagt, »ihr seid nichts anderes als widerliche Konkurrenten, keiner gönnt dem anderen was. Gelobt wird nur im Ausnahmefall, am schönsten ist Niedermachen. Das könnt ihr gut.«

Wilma, mit der er sieben Jahre zusammen war, lebte jetzt in München, arbeitete bei einem Privatsender. Sie hatten sich getrennt, weil das dauernde Gerede über Journalismus und Arbeit, der tägliche Kleinkrieg und die andauernde Anspannung sie auseinanderbrachte.

Dann hatte sie ihn im Studio erlebt, wie souverän er mit seinem Text und seinen Gesprächspartnern umging, wie er manchmal sogar lächelte, was er früher aus ideologischen Gründen abgelehnt hatte. Er wollte der harte Journalist sein, der Skandaljäger, der scharf nachfragende Kollege. Bernstein und Woodward waren seine Vorbilder, die hatten Watergate aufgedeckt. »Ich finde toll, wie du auch die größten Pannen im Griff hast«, sagte sie, als sie nach der Sendung zum Essen fuhren.

Sie sprachen stundenlang über Kollegen, hechelten alle Karrieren durch, die Aufsteiger, die Absteiger, ach, weißte noch, damals, mokierten sich über die neuen Technokraten, die in fast allen Anstalten die Leitungspositionen übernommen hatten, besprachen die Entwicklungen im laufenden Programm, als könnten sie das Fernsehen noch einmal neu erfinden.

»Es ist diese verdammte Folgenlosigkeit«, sagte Adler, »ich kann jeden Skandal ins Bild setzen, kann jeden Senator nachweisen, wo er geschlampt hat, was er verbockt hat. Die richten einen Untersuchungsausschuss ein, da wird geredet, auch davon berichten wir, kritisch natürlich, sehr kritisch. Und was kommt heraus? Nichts. Niemand tritt zurück. Und wenn dann doch mal einer gehen muss, taucht er ein paar Monate später auf einem neuen, meist ruhigeren Posten wieder auf. Wir schlagen Schaumblasen, das ist es, was mich aufregt.«

Wilma ließ ihn reden. Sie hätte genauso ins Lamento einfallen können. Beim Münchner Privatsender waren schon leise Töne der Kritik verpönt.

»Ich weiß nicht mehr, wer es gesagt hat, Bismarck oder Goethe, ist ja auch egal: *Hilf! Himmel, deutsche Journale, Wagen an Wagen! Wieviel Staub und wie wenig Gepäck.*«

Die Freundin strahlte ihn an. »Hoho, die Klassiker, nicht schlecht, Michael, solide Halbbildung.«

»Ich schreibe ein Buch«, sagte Adler, »sammel schon seit Jahren Sprüche über Journalisten, das wird ein Knüller. Es soll heißen: Verkommene Gymnasiasten, so hat Wilhelm II. uns genannt.«

»Jeder schreibt ein Buch«, echote Wilma, »jeder.«

»Kaum hat jemand Dreck am Stecken wird er aus dem Verkehr gezogen. Eine wunderbare Taktik. Wird gerade wieder beim VS-Müller angewandt. Wir kommen nicht an ihn ran, kriegen auch keine Stellungnahme. Jeden Tag heißt es neu: Wir prüfen. Alles dicht. Dass ich nicht lache, die Medien sind die vierte Macht im Staate. Wir furzen, aber es stinkt nicht!«

Sie waren die letzten im thailändischen Restaurant Buuntrik, hatten ausführlich von den asiatischen Köstlichkeiten probiert, waren mit Kaffee und Sake versorgt. Die beiden Kellner warteten geduldig.

»Wir sind ein Teil dieses Senders, und der Sender ist ein Teil von uns. Nicht nur, dass ich jeden Tag mindestens zehn Stunden da verbringe, nein, ich kann nicht abschalten, muss mich beschäftigen mit galoppierender Gruppendynamik, die Hierarchie als Damoklesschwert, jeden Tag. Ich bin wie der Bürostuhl meiner Sekretärin, ein Stück Sender, ein Stück Inventar. Ich gehöre dazu. Hundertprozentig, da bleibt kein anderer Michael Adler übrig. Ich brauche im Urlaub mindestens eine Woche, um einigermaßen zu mir zu kommen.«

»Lebensmittelkrise, Michael?« fragte Wilma, die anfing, sich über den Generalkater ihres früheren Verhältnisses zu amüsieren.

»Ach Quatsch, das ist eine dämliche Bezeichnung. Nein, ich habe es satt, Sender zu sein. Das ist es.«

»Willste auch mal Empfänger werden?« Michael Adler nahm sein Bierglas, ließ es auf den Boden fallen.

Immer wenn Pinneberger das Ehepaar Holzmann im Anmarsch sah, suchte er einen Grund, sein Büro zu verlassen. Dabei wollten sie ihm doch helfen.

»Karl, jetzt kannste was lernen über die Freunde und Helfer der Polizei«, sagte der Oberkommissar, nahm seine Gießkanne und verschwand.

Drei Minuten später standen Otto und Else Holzmann im Büro.

»Stören wir?«, fragte der ältere Herr, der zur Feier des Tages einen grauen Anzug angezogen hatte. Außerdem hatte er eine graue Weste, graue Schuhe und einen hochroten Kopf. Seine Frau trug ein grünes Kapotthütchen. Ansonsten war sie ganz in Weinrot gekleidet.

»Worum geht es?«, fragte Schlink.

»Sind Sie noch an dem Mord im Park dran?«, fragte Frau Holzmann, deren fistelige Stimme schnell zu Glasbruch führen konnte.

»Ja, wieso?«

»Wir hätten da eine Beobachtung mitzuteilen.« Else Holzmann kam ganz nah an Karl Schlink heran. Er roch ihr verführerisches Parfüm der 1950er-Jahre.

»Nehmen Sie doch Platz«, sagte Schlink und holte sich ein Blatt Papier, um Notizen zu machen.

»Ganz freundlich, wirklich, sehr zuvorkommend.«

Dann erfuhr Schlink von den beiden Holzmanns, was sie Wichtiges beobachtet hatten: also erstens war die Leiche gar kein Mann, sondern wahrscheinlich eine Frau, ganz sicher – zweitens hatte der Mörder weiße Handschuhe an – drittens muss die Uhrzeit der Tat weit vor Mitternacht gelegen haben, weil sie nämlich dann mit ihrem lieben Albert Spazierengehen.

»Wissen Sie, unser Albert, das ist so ein süßes Tierchen, der versteht uns richtig, der hat uns lieb. Das ist ein Pudel, noch ganz jung und verspielt.«

Schlink sah, wie Else Holzmann die Augen verdrehte, als sie auf den Hund zu sprechen kam. Er legte den Bleistift beiseite.

Märchenstunde, dachte er, und beschloss, so lange zuzuhören, bis das Ehepaar Holzmann zu Ende gesprochen hatte. Technik: leerlaufen lassen. Er brauchte nur keine Fragen zu stellen.

Zwischendurch kam Pinneberger herein und goss die Blumen, als sei er der Hausgärtner im Polizeipräsidium.

»Sie kennen wir doch«, sagte Otto Holzmann mitten in seiner wichtigen Aussage. Inzwischen waren sie bei den unglaublichen Vorfällen in Osterholz-Tenever, wo die beiden wohnten. Klein-Manhattan, als neue Heimat verkauft, und jede Menge sozialen Ärger. Sie wollten sich beschweren und diesen oder jenen Nachbarn anschwärzen.

»Ich geh' zu Lang, Bericht erstatten«, sagte Pinneberger, als er die Blumen gegossen hatte.

Auf dem Weg zum Kriminaldirektor überlegte er sich, ob er Lang nicht ein wenig erschrecken sollte. Ich könnte ja behaupten, dass wir jetzt den Beweis gefunden haben, dass Stenzler doch der Parkmörder ist. Mal sehen, wie Lang blass wird.

Aber als Pinneberger vor dem Büro seines Chefs stand, verwarf er den Plan.

Der Spaß könnte nach hinten losgehen.

Kriminaldirektor Lang hörte sich an, was Pinneberger aus Starnberg zu berichten hatte. Zwischendrin betonte er immer wieder: »Ich habe es doch von Anfang an gesagt.«

»Der Konz wollte seine Frau decken. Die kam ganz aufgelöst nach der Tat in die Wohnung. Sie hasste ihren Vater. Sie konnte die Konkurrenz der beiden Männer nicht aushalten. Der alte Döhler machte bei seiner Tochter keinen Hehl daraus, dass er seinen Schwiegersohn ruinieren werde, wenn dessen neuer Fahrradsupermarkt tatsächlich ein Erfolg werden sollte. Die Konkurrenz ging sogar so weit, dass Döhler sich an seine eigene Tochter heranmachte, nur um Konz zu beweisen, was für ein toller Hecht er war. Anfangs schenkte er ihr Schmuck und Pelze, später einen Luxusschlitten, den ihr Mann ihr nicht bieten konnte. Bei einer Feier drängte er sie in die Toilette. Er hätte sie vergewaltigt, wenn nicht rechtzeitig jemand dazwischengegangen wäre.«

Pinneberger öffnete den schmalen Aktenordner und legte das Protokoll auf den Schreibtisch.

»Haben Sie Haftbefehl erlassen?« fragte Lang, ohne den Text anzusehen.

»Ja, nein, geht gleich raus. Ich wollte erst mit Ihnen sprechen.« Pinneberger geriet ins Stottern.

Das war ein glatter Fehler.

Er wusste es sofort.

»Dann beeilen Sie sich«, sagte Lang, »nicht, dass uns die Frau durch die Lappen geht.«

So eine Dienstreise, dachte Pinneberger, als er im langsamen Beamtenaufzug wieder nach unten fuhr, *bringt einen ganz schön durcheinander.*

In seinem Büro roch er das Parfüm von Frau Holzmann.

Schlink war sauer: »Du hättest mich auch warnen können. Die sind ja gemeingefährlich.«

»Wir müssen die Konz einfangen. Falscher Fehler, haben wir glatt übersehen.«

13

Die Landespressekonferenz musste ihre Tagesordnung ändern. Nicht der Sprecher der Elektrizitätsgesellschaft, der zum zehnten Mal die Notwendigkeit der Atomenergie erklären wollte, saß vor den Mikrofonen, sondern der Innensenator. Er war mit großem Gefolge erschienen: sein Pressesprecher, der Senatsdirektor, der Polizeipräsident und dessen Pressesprecher Harms. Ein Stuhl war frei.

Mit einem *Achtung-Redaktionen-Eilt-Brief* waren alle rechtzeitig verständigt worden.

Die langersehnte Stellungnahme im Fall Müller.

Klaus Grünenberg hatte es sich nicht nehmen lassen, den Termin selbst wahrzunehmen. Es sollte sein Triumph werden. *Mal sehen, was sie uns jetzt auftischen,* dachte er, *Zeit genug hatten sie.* Dr. Legeisen hatte gleich zwei Tonbandgeräte mitgebracht und die Mikrofone neben dem Saalmikro installiert. Beim letzten Mal hatte sein Bandgerät gestreikt, und er war im Sender ausgelacht worden. Sein Satz: *Ich steck' doch nicht drin in diesem Gerät,* war von der Betriebstechnik nicht akzeptiert worden: *Es gibt immer wieder Redakteure, bei denen unsere Geräte nicht funktionieren.*

Michael Adler hatte sein Team in der Mitte des holzverkleideten Saales postiert. Er setzte sich ans Kopfende des langen Tisches, neben die Spitzen des Innenressorts.

Grünenberg rechnete es sich als Ehre an, dass auch Vertreter der Hamburger Medienriesen erschienen waren. Er hatte sich gleich bei deren Erscheinen vorgestellt. »Ja, ich habe den Müller enttarnt. Grünenberg, mein Name.«

Aber die beiden Kollegen aus der Weltstadt nahmen keine Notiz von dem Lokalreporter. »Schön für Sie«, sagte der eine, dessen schmaler Schnäuzer wie aufgemalt aussah.

Inzwischen war der zweite Teil der Hitler-Tagebücher erschienen, die Diskussion um deren Echtheit riss nicht ab. Es gab immer wieder selbsternannte Fachleute, die, ohne die Bücher in der Hand gehabt zu haben, mit großer Kenntnis und ebenso großen Schlagzeilen über Echtheit oder Falschheit entschieden. Was Grünenberg am meisten erstaunte, war die Tatsache, dass auch im Fernsehen der Illustrierten breiter Raum eingeräumt wurde, dort zeigte man sogar eine lange Dokumentation, wie die Tagebücher entdeckt wurden.

»Ich denke, mehr Medienvertreter passen nicht in unseren Saal.« Der Vorsitzende der Landespressekonferenz, der an diesem Morgen in seinem dunkelblauen Einreiher mit roter Fliege erschienen war, eröffnete das Gespräch.

Sofort verstummten alle Anwesenden.

Grünenberg lehnte sich zurück.

Genüsslich.

Mehr als zehn Tage hatte er auf diesen Augenblick warten müssen. Alle beneideten ihn.

Ob er den beiden eingebildeten Pinseln der Hamburger Medienmischpoke ein Interview geben sollte, wusste er noch nicht.

Die anwesenden Herren wurden vorgestellt. Der Innensenator rückte die Brille zurecht.

»Zunächst möchte ich um Verzeihung bitten. Sie hatten gewiss in den letzten Tagen genug Anlass, auf meine Behörde zu schimpfen, um cs mal gelinde auszudrücken. Journalisten wollen immer, soviel verstehe ich von ihrem Gewerbe, mit Neuigkeiten herauskommen, und meine Behörde, das müssen nun Sie verstehen, musste den Fall Müller erst prüfen. Die in der Presse und den anderen Medien behaupteten Anschuldigungen waren so ungeheuerlich, dass wir es uns nie verziehen hätten, wenn wir leichtfertig vor diese Konferenz getreten wären, um Ihnen ein vorschnelles Urteil ...«

Der Innensenator verhaspelte sich. Sein Pressesprecher zeigte mit seinem silbernen Kugelschreiber auf die Stelle des Textes, an der er aus der Bahn gekommen war.

»Ein vorschnelles Dementi wollten wir also nicht. Obwohl, und das betone ich hier in aller Deutlichkeit, für uns von Anfang an keinen Zweifel an der Integrität des Leiters des Landesamtes für Verfassungsschutz bestand.«

»Hört, hört«, rief einer der Kollegen. Er war neu in der Landespressekonferenz und kannte die hanseatischen Gewohnheiten noch nicht.

»Natürlich wollen Sie Beweise. Wir haben sie sorgfältig vorbereitet. Herr Harms, wenn ich bitten darf.«

»Wieso die Polizei?« fragte eine Kollegin, die sich nicht erklären konnte, was Harms mit der Sache zu tun hatte.

Der lange Harms stand auf. Seitdem er kein Toupet mehr trug, weil ihm sein letztes bei einem hochoffiziellen Anlass vom Haupt geweht war, Windstärke 8, die Lacher klangen ihm immer noch im Ohr, seit dieser Zeit waren die Haare wieder etwas voller. Die Leistung eines brillanten Friseurs.

Wie ein Postbote verteilte Harms die Fotos.

Der Innensenator wartete eine Weile.

»Das ist das Originalfoto zu demjenigen, das in den *Weser-Nachrichten* verbreitet wurde. Wie Sie alle leicht erkennen können«, der Innensenator gluckste, »kein Müller zu sehen, nur zwei sowjetische Soldaten. Reinhard Müller wurde in dieses Foto hineinmontiert. Das veröffentlichte Foto ist eine Fälschung.« Jetzt verteilte Harms das Foto von Müller. Er steht in seinem Garten, zusammen mit Gästen, bei einem Empfang.

»Aus diesem Foto wurde Müller herausgeschnitten und in das andere eingesetzt. Ein bekanntes Verfahren. Wurde gerne vom KGB benutzt. Lenin wurde in Fotos montiert, Trotzki hinausretuschiert.«

Grünenberg hielt die beiden Fotos nebeneinander. Der Innensenator hatte recht. Zusammen ergaben sie das Bild, das er im Umschlag zugesteckt bekommen hatte.

Im vornehmen Saal setzte Gemurmel ein.

»Kommen wir zu einem zweiten Punkt!«, sagte Der Innensenator nach einer Kunstpause. Schnelle Blickwechsel mit den stummen Repräsentanten seiner Behörde.

»Wir haben das angebliche Gespräch, das Müller geführt haben soll, überprüfen lassen. Sie werden es vielleicht nicht wissen, aber jede Stimme kann heutzutage per Computer zerlegt werden, so dass sich ein Diagramm ergibt, das unverwechselbar ist. Wir wären froh, wenn jedes

Landeskriminalamt über ein solches Gerät verfügen würde.« Der Innensenator sah den Polizeipräsidenten an. »Aber nun gut, eine solche Anschaffung muss erst durch den Haushalt. Wir haben einerseits das in Rundfunk und Fernsehen gesendete Band analysieren lassen und andererseits Müllers tatsächliche Stimme. Das Ergebnis spricht für sich: Die Stimme ist gefälscht. Zwar klingt sie so, als habe Müller gesprochen, aber tatsächlich war es ein anderer.«

»Wer denn?« Grünenberg hielt es nicht mehr aus.

»Bleiben Sie ruhig, Herr Ressortleiter.« Der Innensenator nannte seinen Titel mit ironischem Unterton. »Sie bekommen jede Aufklärung, die Sie wünschen. Gerade Sie, meine ich.«

Jetzt starrten ihn alle an.

Er spürte die Blicke. Auch die Kameras, die auf ihn gerichtet waren, spürte er.

Die beiden Hamburger Kollegen sahen zu ihm rüber. Einer grinste.

Der Pressesprecher des Innensenators ließ das Band ablaufen, das Grünenberg aufgenommen hatte.

»SS 20. Guten Tag. In dieser Woche gibt es keine besonderen Neuigkeiten. Das Einzige, was berichtenswert ist: Der

Gesundheitssenator wird wahrscheinlich in eine Affäre um das Krankenhaus verstrickt werden, schwarze Kassen sind aufgetaucht. Sonst ist es ruhig in der Hansestadt. SS 20.«

Der Innensenator sprach wieder ins Mikrofon: »Wir hätten auch noch den werten Gesundheitssenator aufbieten können, aber so viel dürfen wir sagen: Der Inhalt dieses gefälschten Bandes ist absurd. Es gibt keine schwarzen Kassen.«

Klaus Grünenberg wusste, dass man ein solches Foto herstellen konnte, auf dem Müller nicht mehr zu sehen war, erforderte keinen großen Aufwand. Und auch die Stimmenanalyse konnte angezweifelt werden. Gefälschte Beweise.

»Damit Sie nun nicht länger auf die Folter gespannt werden, hier ist der Chef des Landesamtes für Verfassungsschutz, Herr Müller. Er ist bereit, alle Ihre Fragen zu beantworten.«

Der Innensenator drehte sich zur Seite.

Es dauerte eine Weile, dann wurde die kleine Seitentür in der Holzverkleidung aufgeschoben.

Der Leiter des Landesamtes für Verfassungsschutz.

Hokuspokus, dachte Grünenberg.

Reinhard Müller verbeugte sich.

Er setzte sich auf den freien Stuhl.

Gleich neben den Senatsdirektor.

Das Gemurmel verstärkte sich. Dr. Legeisen krabbelte unter dem Tisch entlang und tauchte vor den hohen Herrschaften auf. Er stellte sein zweites Mikrofon vor Müller. *Was für eine kluge Voraussicht,* dachte er.

Michael Adler war von seinem Sitz aufgesprungen und winkte dem Kameramann zu, der beinahe den Auftritt von Müller verpasst hätte. »Das machen wir noch mal«, zischte er leise, »nach der PK.«

»Fragen Sie bitte«, sagte der Vorsitzende der Landespressesekonferenz und breitete die Arme aus, »fragen Sie.«

Der Innensenator lehnte sich zurück. Er blickte nur in eine Richtung.

Grünenberg spürte diesen Blick.

»Sie werden verstehen«, rief Müller in das Stimmengewirr hinein, »dass ich derjenige war, der besonders überrascht wurde, als ich in der Zeitung lesen durfte, dass ich als KGB-Spion entlarvt worden sei. Ich muss schon sagen, dafür bin ich nicht der richtige Mann.«

»Wer hat Sie denn verpfiffen?« Grünenberg nahm die Gelegenheit wahr, da niemand von den Anwesenden eine Frage stellen wollte. »Irgendjemand hat Sie von Ihrem Posten vertreiben wollen. Denn sonst hätte ich ja nicht das Material zugespielt bekommen, oder irre ich mich?«

»Gut, dass Sie darauf eingehen, Herr Grünenberg«, rief Müller laut zurück, weil immer noch keine Stille eingetreten war, »die Frage hab' ich mir auch als erste gestellt. Aber ich weiß bis heute keine Antwort. Das heißt, ich weiß eine, aber die wird Ihnen nicht gefallen, so logisch die auch ist. Sie selbst haben die Beweise gefälscht, Herr Grünenberg.«

Jetzt war der Tumult da.

Der Kameramann wusste nicht, worauf er seine Kamera richten sollte. Dr. Legeisen ärgerte sich, dass er die Sätze von Grünenberg nicht auf Band hatte.

Die Pressesprecher standen am Rednertisch und versuchten mit hilflosen Armbewegungen das Chaos zu dirigieren.

»Sagen Sie, Grünenberg, so heißen Sie doch, ist da was dran?« Es war der Kollege vom Hamburger Nachrichtenmagazin, der hinter ihm stand. »Ich meine, das wär' natürlich eine Geschichte wert, wenn Sie mit gefälschtem Material versucht hätten, den Landeschef des VS abzuschießen ...«

Grünenberg drehte sich ruckartig um und schlug dem Mann ins Gesicht. »Hauen Sie ab, bevor ich handgreiflich werde.«

»Das wurden Sie bereits.« Der Hamburger rieb sich die Backe.

»Ruhe, Ruhe«, der Vorsitzende der Landespressekonferenz wiederholte seine Aufforderung, »meine Herren, bitte Ruhe.«

Grünenberg überlegte einen Abgang, aber ihm fiel nichts ein. Der Vorwurf von Müller traf ihn.

»Wir können die Sitzung auch abbrechen«, rief Harms.

Sofort trat Ruhe ein.

Das wollten die Anwesenden nun doch nicht, das Schauspiel hatte ja gerade erst begonnen.

Sein Titel lautete: *Ein Kollege wird hingerichtet.*

Der Innensenator richtete sein Mikrofon ein, griff dabei auch an das empfindliche Gerät, das Dr. Legeisen aufgebaut hatte. Die klirrenden Pfeifgeräusche in seinem Kopfhörer sollte er noch Tage später hören.

»Wir haben uns entschlossen, Anzeige gegen Herrn Grünenberg zu erstatten, Anzeige wegen übler Nachrede, Fälschung von Informationen und vielleicht sogar nachrichtendienstlicher Tätigkeit. Das wird noch geprüft.«

Grünenberg stand auf.

Er verteidigte sich mit fester Stimme: »Sie wissen doch selbst, dass Ihre Beweise auf tönernen Füßen stehen. Fotos, Bänder, Analysen, wo sind denn die Sachverständigen und unparteiischen Gutachter, die das alles bezeugen? Und dass Müller hier auftritt, nachdem er viele Tage Zeit hatte, sich auf diesen Auftritt vorzubereiten, was soll das beweisen? Ich kann nur versichern, dass so, wie ich in meinen Artikeln berichtet habe, mir das Material zugereicht worden ist. Wenn es falsch ist, dann gibt es erstens einen Fälscher und zweitens ein Motiv. Dazu ist bisher nichts gesagt worden.«

Es war ein Plädoyer in eigener Sache, wie es bisher noch keiner in einer Pressekonferenz gehalten hatte.

Klaus Grünenberg bahnte sich einen Weg durch die Reihen der Kollegen.

Ein Spießrutenlauf.

Nicht einer der Anwesenden schien ihm zu glauben. Er blickte auf die beiden Hamburger, sie hatten etwas in die Notizblöcke geschrieben, die ihnen zu Beginn der Sitzung vom Pressesprecher überreicht worden waren. Das Kamerateam hatte seine Rede aufgezeichnet. Kurz genug, um in ganzer Länge gesendet zu werden.

Michael Adler kam hinter ihm her.

Aber Grünenberg ließ sich nicht aufhalten.

Nur weg hier, dachte er. *Es verlohnt sich nicht, bei der eigenen Hinrichtung anwesend zu sein.*

»Hast du was für mich?«, fragte Adler, als Grünenberg mit schnellen Schritten die Marmortreppe hinunterging.

»Was sollte ich haben?

Grünenberg verlangsamte seinen Schritt nicht.

»Was Exklusives, meine ich?«

»Wieso sollte ich denn? Jetzt wird mein Kopf abgeschlagen, damit Müller bleiben kann.«

»Das glaube ich nicht, Klaus, das wird denen nicht gelingen. Dazu hat Müller zu viele Feinde. Da haben doch bestimmt schon einige das Messer gewetzt und Stühle gerückt.«

Sie standen vor dem Rathaus, direkt unter dem von Grünspan gefärbten Reiterstandbild.

Michael Adler ließ nicht locker.

»Lass es uns zusammen rausbringen, Klaus.«

»Was denn?«

»Wenn das stimmt, was der Innenfuzzi vorgetragen hat, dann wollte dich jemand reinlegen, so seh' ich das.«

»Aber es stimmt nicht«, wehrte sich Grünenberg.

»Klar, du musst dich erst daran gewöhnen, dass du einem Spiel erlegen bist, aber ...«

»Red nicht so einen Quatsch, ich glaub' denen keinen Zentimeter. Das ist alles erstunken und erlogen.« Grünenberg bebte.

»Schön, sehr schön. Heinrich von Kleist, Lehrbuch für die französische Journalistik, 1810. Immer noch lesenswert.« Adler packte seinen Kollegen am Arm.

»Was?«

»Klaus, ich mach' dir einen Vorschlag. Ich bin bereit, dir bei der Suche zu helfen. Das kann doch nicht so schwer sein. Auch so ein Spiel hat seine Regeln.«

»Halt dich raus, ja. Das ist meine Geschichte, die steh' ich bis zum Ende durch«, blökte Grünenberg.

»Auch wenn es eine Falle ist?« Michael Adler zwirbelte an seinem Schnauzbart.

14

»Er hat uns reingelegt, dem hätten wir nicht trauen dürfen. Nicht mal die Tränen waren echt.« Pinneberger raste mit neunzig Stundenkilometern durch die Stadt.

Schlink hielt sich an seinem Gurt fest.

»Wir müssen Stenzler hier haben. Ich will ihn sehen, wenn wir mit ihm reden.«

Auf der Nordstraße standen die LKWs. »Langsam, Fritz, langsam«, bat Schlink.

»Schon gut. Ich fahr' seit dreizehn Jahren unfallfrei.«

Die Bremsen quietschten.

Der alte Renault stand quer.

»Frau am Steuer«, rief jemand aus dem offenen Wagenfenster, dunkle Sonnenbrille, langes, blondes Haar. Pinneberger grüßte, als würde er die Frau kennen.

Sie hatten alle Nachbarn befragt, waren die ganze Straße auf und ab gelaufen. Viele bestätigten die schlechte Nachricht.

Elisabeth Konz hatte die Koffer gepackt.

Einer sagte, es sei gestern gewesen, eine andere meinte, schon vor zwei Tagen, eine ältere Frau wollte gesehen haben, dass sie vor einer halben Stunde das Haus verlassen hatte.

Es war verschlossen.

Noch schlechter waren die Nachrichten auf der Bank gewesen. Fritz Pinneberger musste lange warten, bis er eine Auskunft bekam. Er zeigte seinen Ausweis, sprach von dringendem Mordverdacht und ließ sich zum Filialleiter bringen.

»Ich muss nur zwei Dinge wissen«, sagte Pinneberger, als Herr Hans ihm erwiderte, sie dürften grundsätzlich keine Auskünfte über ihre Kunden geben. »Erstens, hat Elisabeth Konz ein Konto bei Ihnen? Zweitens, hat sie vor kurzem eine größere Summe abgehoben?«

Herr Hans griff zum Hörer und wählte eine Nummer in der Zentrale. Er sprach bankmännisch leise.

Pinneberger stand die ganze Zeit. Er hatte diese Bank für seine Nachfrage ausgewählt, weil sie nur zwei Straßen von der Konzschen Wohnung entfernt lag.

Fünf Minuten später verkündete Herr Hans: »Sie hat.«

»Was?«, fragte Pinneberger.

»Beides. Mehr kann ich beim besten Willen nicht sagen.«

Dem Oberkommissar entfuhr ein Fluch, für den er sich sofort entschuldigte.

Herr Hans lächelte freundlich.

Pinneberger war aus der Bank gerannt, hatte den Wagen gestartet und ihm freien Lauf gelassen. »Stenzler hat der Konz genügend Vorsprung verschafft.«

Langsam löste sich der Stau in der Nordstraße auf.

Sie kamen nur stockend voran.

Schlink sagte: »Du siehst Gespenster, Fritz. Es kann auch anders gewesen sein.«

Er erklärte seine Theorie, über die er in der Ausbildung eine Arbeit angefertigt hatte. *Vorurteile als Muster*, lautete der Titel. »Wenn du einmal einen Verdacht hast, dann entsteht in deinem Kopf ein Modell. Du fragst immer nur in die eine Richtung. Ist der Mann schuldig oder ist er es nicht? Stenzler ist für dich jemand, dem du nicht traust. Also fühlst du dich jetzt hereingelegt und reimst dir einfach was zusammen.«

»Karl, bitte, nicht jetzt. Das ist der schlechteste Moment für Philosophie.«

Pinneberger beschleunigte den Wagen wieder.

Er brummte wie ein altes Propeller-Flugzeug.

»Aber ich habe recht, Fritz. Wieso soll unsere Reise nach Starnberg mit der Abreise der Konz in Zusammenhang stehen? Wenn Stenzler der Frau einen Vorsprung geben will, warum hat er sie dann überhaupt belastet? Kannst du mir das erklären?«

Pinneberger konnte es nicht.

Eine halbe Stunde später war Mittagspause.

Sie hielten an einem Stehimbiss.

Curry-Wurst mit Pommes. Es sollte die beste Bude der Stadt sein.

»Fritz, lass mich noch mal sagen, wie ich das sehe ...«

Pinneberger zeigte mit dem Plastikgäbelchen auf die fettige Wurst und sprach mit vollem Mund: »Hör bloß auf mit der Psycho-Theorie. Wenn wir ins Präsidium kommen, haben wir bald ein Dienstgespräch. Darauf würde ich mich vorbereiten.« Jetzt hatte er den Mund frei.

»Essen wir deswegen so schlecht?«, fragte Karl Schlink und grinste.

Die Senatsrunde war nicht bester Laune.

Nachdem der Innensenator das Ergebnis der Untersuchung vorgetragen hatte, trat Ruhe ein.

Müller war unschuldig, kein Spion, wie schade.

Der Kunstsenator zeigte auf und bekam das Wort.

»Wenn niemand etwas dazu sagen will, würde ich gerne zum nächsten Tagesordnungspunkt kommen. Es geht um unser Sommerfest, da gibt es noch große Lücken im Etat ...«

Der Bürgermeister winkte ab.

»Ich sage, wann wir in der Tagesordnung voranschreiten.« Der große Manitou machte eine lange Pause, als wolle er sich der Aufmerksamkeit der Runde versichern. »Ich hatte gehofft, dass wir durch diese Geschichte den Müller loswerden. Ich will auch nicht verhehlen, dass ich schon zwei wirklich qualifizierte Anwärter für dieses Amt habe ...«

»Wen denn?«, fragte der Hafensenator.

»Keine Namen, wie immer.« Der Bürgermeister strich über seinen blauen Anzug. »Stimmen diese präsentierten Entlastungsbeweise?«

Er fixierte den Innensenator.

»Das ist alles ganz sauber. Die Fotos waren da und auch die Stimmenanalyse ist eindeutig, kein Zweifel.«

»Woher kamen denn diese Beweis-Fotos?« Die Gesundheitssenatorin sagte nie etwas zu anderen Ressortthemen, deswegen waren alle von ihrem Einwurf überrascht. Aber er blieb unbeantwortet.

Der Innensenator schlug seinen Aktenordner auf. »Immerhin hat Müller als junger Mann beim RSHA gearbeitet, der hatte stets einen Draht zur Geheimdienstelei, allerdings nicht bei den Kommunisten ...«

»War der in der Partei?«, fragte der Kunstsenator, der ahnte, dass sein Tagesordnungspunkt verschoben werden würde.

»Ja, ja«, gab der Innensenator zu, »es weiß nur keiner. Der ist über die Polizei direkt zur Gestapo gelangt und dann in den letzten Kriegsjahren zum Reichssicherheitshauptamt.«

»Und dann wird er bei uns Leiter des Amtes für Verfassungsschutz? Schöne Karriere!« Der Kunstsenator fuhr sich zweimal über die glattpolierte Glatze. »Gut, dass das nicht aufgedeckt wurde, sonst hätten wir wirklich einen Skandal in der Stadt.«

»Aber das entscheidet ja immer noch nicht die Frage, ob er später für den KGB gearbeitet hat oder für die Stasi.« Der Bürgermeister tippte mit dem Finger auf die Vorlage des Innensenators.

»Die Beweise für diese Tätigkeit sind eindeutig gefälscht«, antwortete der Angesprochene.

»Eindeutig?«, fragte der Manitou.

»Eindeutig.«

»Da kommt nichts nach?«

»Nichts.«

»Gut, dann denke ich, müssen wir uns auch vor Müller stellen, schließlich ist er unser Mann, und seine Weste ist wieder rein. Ich will kein kritisches Wort mehr über ihn hören. – Außerdem kann man ihm raten, sobald etwas Gras über die ganze Affäre gewachsen ist, seinen vorzeitigen Ruhestand einzureichen. Dem werden wir stattgeben.«

Der Bürgermeister rückte an seiner silbernen Brille, ein Zeichen für die Senatorin und die Senatoren, dass der Tagesordnungspunkt abgeschlossen war.

Nur der Kunstsenator hielt sich nicht an diesen Maulkorb. »Das müsste aber lange genug vor der Wahl geschehen, sonst bekommen wir die Sache im Wahlkampf um die Ohren gehauen. Ein altgedienter Nazi, nicht zu fassen.«

»Nach der Wahl, mein Lieber, nach der Wahl.« Der Bürgermeister hatte längst über dieses Problem nachgedacht.

In einem Punkt sollte der Kunstsenator recht behalten, über den Kunstsommer in der Hansestadt wurde in dieser Sitzung nicht mehr beraten.

Welche Zeitung Klaus Grünenberg auch aufschlug, überall gab es Berichte über die gefälschten Beweise, die beinahe zum Sturz eines Amtsleiters geführt hätten. Man sparte nicht mit bissigen Kommentaren. Die einen lobten die Demokratie, in der noch immer jeder schreiben dürfe, was er wolle – aber richtig müsse es schon sein – die anderen sprachen von Mediokratie, schließlich sei der Verfall eines ganzen Berufsstandes zu beklagen, herausragende Journalisten gebe es nur noch wenige.

Dr. Legeisen beklagte in seinem Frühkommentar den wohl peinlichsten Vorfall, den sich ein Journalist in der Hansestadt geleistet hatte. »Man stelle sich vor, der Leiter des Amtes für Verfassungsschutz wäre sofort entlassen oder auch nur suspendiert worden. Eine durchaus denkbare Entscheidung. Dann hätte Reinhard Müller es sehr schwer gehabt, sich voll und ganz zu rehabilitieren. Es sind die schwarzen Schafe in unserer Branche, die dafür sorgen, dass keiner mehr einem Journalisten trauen kann. Die vierte Macht im Staate würde funktionieren, wenn wir im Sinne eines Selbstreinigungsprozesses in der Lage wären, diese schwarzen Schafe von der grünen Weide zu vertreiben.«

Der Verlagsleiter bat den Lokalchef umgehend zu einem Gespräch. Er hatte erst aus der Morgenpresse erfahren, wie sich der Fall Müller entwickelt hatte. Am Abend zuvor war er auf einer Tagung des Bundes Deutscher Zeitungsverleger gewesen.

Grünenberg hatte in seinem Bericht von der turbulenten Pressekonferenz geschrieben, dass die vorgelegten Fakten keineswegs ausreichen würden, um Reinhard Müller zu entlasten.

Der Verlagsleiter sprach ihn sofort auf diesen Widerspruch an: »Ich kann nicht einsehen, dass Sie tatsächlich besser sind als all die Kollegen.«

Grünenberg ließ sich nicht beirren. »Was sind das für Beweise? Zwei Fotos und eine Behauptung bezüglich der analysierten Stimmen.«

»Aber Müller soll doch selbst erschienen sein ...« Der Verlagsleiter trank seine Kaffeetasse in einem Zug leer.

»Der ist ein Geheimdienstmann und der ist es gewohnt zu lügen.«

Klaus Grünenberg spürte, dass der Verlagsleiter einen Eiertanz aufführte. *Bestimmt hatte er mit dem Management gesprochen,* dachte er, *rückt aber noch nicht mit deren Entscheidung raus.* Der Lokalchef rechnete damit, dass man ihm zumindest eine Abmahnung in die Akte schreiben würde. Was allerdings auch nichts zur Wahrheitsfindung beitrug.

»Warum haben Sie eigentlich vorzeitig die Pressekonferenz verlassen? Das ist doch sonst nicht üblich...«

»Woher wissen Sie das?«, fragte Grünenberg, der selbst so eine kleine Spitze nicht durchgehen lassen wollte.

»Das tut hier nichts zur Sache«, antwortete der Verlagsleiter und sah in die bereits leere Tasse.

»Ich muss doch wissen, auf wen ich mich in meiner Redaktion verlassen kann. Schließlich waren Sie ja gar nicht anwesend.«

Der Verlagsleiter verschränkte die Arme auf der Brust. »Von mir erfahren Sie nichts in dieser Richtung.«

Grünenberg fiel nur ein Name ein: Kummer, sein Stellvertreter.

Während der Verlagsleiter anfing, die ganze Geschichte noch einmal durchzugehen, kam Grünenberg ein Gedanke. *Natürlich, Kummer, der könnte mir das eingebrockt haben, der ist doch scharf auf meinen Posten. Wie der jede Möglichkeit sucht, um auf sich aufmerksam zu machen. Der Wichtigtuer.*

»Welche Vorschläge haben Sie denn, wie wir verfahren sollen?« fragte der Verlagsleiter, und in seiner Stimme klang ein wenig Ironie an.

»Was sagen die da oben?«

»Wie meinen Sie das?«

»Unsere Manager. Sie verstehen mich genau.«

Der Verlagsleiter spitzte den Mund. »Keine Ahnung. Wir haben noch nicht darüber gesprochen. So sehr mischen die sich ja nicht in die Niederungen des Alltagsgeschäftes.«

Klaus Grünenberg wusste, dass dies eine Lüge war.

»Ich würde als erstes dafür sorgen, dass wir über den Ticker meine Version verbreiten«, sagte Grünenberg, der diesen Gedanken improvisierte, »die Meldung wird bestimmt genommen.«

»Das ist doch nicht Ihr Ernst, Herr Grünenberg.« Der Verlagsleiter schlug mit dem Lineal auf den Tisch.

»Ich will, dass zumindest morgen in einigen Zeitungen steht, dass Zweifel an den Beweisen des Innensenators angebracht sind. Oder glauben Sie, ich hätte mir das alles aus den Fingern gesogen?«

Das Telefon klingelte.

Der Verlagsleiter nahm ab, meldete sich mit Namen.

Warum steht er nicht auf, dachte Grünenberg.

»Jawohl, denke ich auch.«

Er legte den Hörer auf.

»Also, das waren die da oben.« Der Verlagsleiter bemühte sich um einen zitierenden Tonfall. »Sie sind bis zur Klärung der ganzen Geschichte suspendiert.«

»Wie bitte?« Grünenberg hatte verstanden, wollte aber nicht klein beigeben.

Der Verlagsleiter wiederholte fast wörtlich, was er von oben in Empfang genommen hatte.

»Gut«, sagte Grünenberg, »dann gehe ich klären.«

Er stand auf. Ohne ein Wort zu sagen, verließ er das schmucke Büro seines Vorgesetzten.

Erst auf dem Flur begannen die Fragen.

Michael Adler ging behutsam zur Sache. Er nahm den Teller vom Schneidetisch, setzte eine andere Spule auf und legte das Band vorsichtig auf die linke Seite.

Grünenberg schaute zu.

In seinem Kopf war Durcheinander.

Klären, verdammt noch mal, was gab es da zu klären? Das war die übliche Masche. Wenn ein Verdacht geäußert wurde, kamen die Dementis, wie oft hatte er das erlebt. Immer das gleiche Spiel. Nur selten gab eine Behörde etwas zu. Vielleicht nach Jahren. Und auch nur auf weiteres drängen.

»So, jetzt starte mal das Band«, sagte Adler und zeigte auf den weißen Knopf.

Grünenberg drückte auf die leuchtende Taste.

Michael Adler war in seiner Wohnung erschienen und hatte ihm einen Deal angeboten. »Wir machen einen Test. Wenn ich recht habe, dann gehen wir gemeinsam auf die Suche nach demjenigen, der dir diese Falle stellen wollte. Wenn ich nicht recht habe, dann werde ich allein nach dem Schuldigen suchen. Du kannst also nichts dabei verlieren.«

So ganz hatte Klaus Grünenberg nicht verstanden, was der Fernsehkollege wollte, aber er hörte sowieso seit seiner Suspendierung kaum noch zu.

Ich wollte mich in den Vordergrund spielen, darum bin ich so leichtsinnig rangegangen, dachte er am Nachmittag, als er an seinem häuslichen Schreibtisch hockte. Als würde er ein Kapitel für seinen Bestseller schreiben. *Ich wollte den anderen zeigen, was für ein Haudegen ich bin. Wie lächerlich war es, als ich mich bei diesen Hamburger Schmierlappen vorgestellt habe. Angedienert. Ich bin reingefallen. Nur kann ich es noch nicht zugeben.*

Michael Adler kopierte die beiden Telefonanrufe, die Grünenberg auf das Stichwort *Raketenabschussrampe* erhalten hatte. Hintereinander hörten sie sich ganz echt an.

»Woher kannst du das alles?« fragte er Adler.

»Ich habe lange Zeit im Funk verbracht, war ganz schön ... So, jetzt schneide ich die beiden Gespräche auseinander und lege sie auf verschiedene Bobbys.«

»Aha«, sagte Grünenberg, der keine Ahnung hatte, was Adler damit meinte.

Vielleicht war es gut, dass er vorläufig suspendiert war. Als er ein paar persönliche Dinge aus dem Schreibtisch holte, war die Stimmung in der Redaktion keineswegs angenehm. Er hatte noch nie so viele schadenfrohe Gesichter gesehen. Grinsen, Feixen, offenes Gekicher. Dabei hatte er immer gedacht, er sei durchaus beliebt.

Er war mit dem Gedanken nach Hause gefahren, dass er nicht mehr lange aufrechterhalten konnte, was er allen anderen, auch seinen Lesern vorspiegelte. Das war das Schlimmste, dass er selbst das Gefühl bekam, wie jemand ihm eine Falle aufgebaut und er hineingetappt war. *Ich werde an meinem Buch schreiben,* dachte er, nachdem er eine Zeitlang am Eisschrank stand und mit der Whiskyflasche sprach.

Michael Adler hantierte mit den Spulen. Er hatte an den

Anfang eines jeden Gespräches ein gelbes Band geklebt, dann suchte er das erste Wort. *SS 20.* Rückwärts klang es wie ein gurgelnder Laut. Auch auf dem zweiten Gerät stellte er die Spule so ein, dass *SS 20* auf die Zehntelsekunde genau zu starten war.

»So, fertig. Die Wette gilt?« Michael Adler sah seinen Kollegen von der schreibenden Zunft an. *Irgendwie ist er drömelig, langweilig, so einer könnte bei uns nie etwas werden.*

»Ich weiß zwar nicht, warum ich wetten soll, aber bitte.« Klaus Grünenberg hielt seine Hand hin.

Wie auf dem Pferdemarkt schlug Adler ein.

»Du gehst jetzt an die Maschine Eins, und wenn ich sage los, dann startest du das Band.«

»Wo?« fragte Grünenberg.

»Habe ich doch gerade schon gezeigt, hier.« Adler wies auf die Leuchttaste.

»Gut.«

Michael Adler ging an die Maschine Zwei und begann zu zählen. Sie drückten beide die Starttasten.

Was sie nun hörten, war die Nachricht von Müller, so, als komme sie aus einem Lautsprecher.

»Was soll das?« Grünenberg wollte lieber nachfragen, bevor er sich blamierte.

»Ich gehe davon aus, dass die Stimme von einem Anrufbeantworter kam. Und das hier ist der Beweis, dass ich recht habe.«

Klaus Grünenberg runzelte die Stirn.

»Es kann gar nicht sein, dass jemand so akkurat spricht, zweimal der gleiche Text und zweimal exakt die gleichen Pausen. Es wurde also ein Anrufbeantworter benutzt, um dir diese Mitteilung zukommen zu lassen.«

Adler wiederholte das Experiment. Beide Bänder waren vollkommen synchron.

Aber Grünenberg hatte immer noch keine Ahnung, was Adler damit sagen wollte.

Es war stickig in dem Hörfunk-Studio. Die Fenster durften wegen der Klimaanlage nicht geöffnet werden.

»Das muss ein Profi gewesen sein«, dozierte Adler, ganz begeistert von seiner Entdeckung.

»Sicher«, sagte Grünenberg, um etwas zu sagen.

»Warum sollte jemand einen Anrufbeantworter benutzen, wenn er durch das Codewort weiß, dass der Anrufer eingeweiht ist?«

Michael Adler zog an seinem Schnauzbart.

»Klaus, das macht doch keinen Sinn. Dann würde jeder Anrufer die Mitteilung bekommen, oder?«

Grünenberg sah auf die Spulen. Der leichte Summton der Maschinen, das gestraffte Band. Vor den Fenstern Gitter, doppelte Glasscheiben. Wie in einem Sicherheitstrakt. War Rundfunk denn so gefährlich?

»Jemand hat diesen Anrufbeantworter aufgebaut, hat ihn speziell für dich präpariert. Durch Zufall rufst du zweimal an und bekommst eben zweimal den gleichen Text. Wenn es Müller gewesen sein sollte, dann hätte er, nachdem die Codewörter ausgetauscht worden waren, seinen Spruch abgelassen und beim zweiten Mal irgendetwas anderes gesagt oder anders formuliert. Anrufbeantworter und Codewörter das passt nicht zusammen.«

»Du hast gewonnen«, sagte Grünenberg.

»Ich wusste es. Als wir das Band angehört haben, hatte ich so ein merkwürdiges Gefühl.«

Michael Adler ließ die Bänder zurückfahren.

Wie kleine Peitschen sausten die Gelb-Bänder auf die Spulen.

»Also, let's go together?«, fragte Adler.

Grünenberg nickte. »Wir werden es parallel veröffentlichen, wenn wir etwas finden.«

»Davon gehe ich aus.« Adler war zuversichtlich.

15

Nein, er ist gerade zu Tisch, leider nicht, im Moment aus dem Zimmer, sicher, Sie können wieder anrufen, jetzt nicht, in einer wichtigen Besprechung, ich glaube, er ist gerade gegangen, nein, er hat Besuch, vor zwei Minuten den Raum verlassen, tut mir leid für Sie, jetzt ist er weg.

Klaus Waterman hatte sich eine kleine Liste angelegt, mit welchen Ausreden ihn die Sekretärin des Redakteurs abwimmelte. Welcher Reichtum an Einfällen! Und immer wieder neue emotionale Stimmungen, mal bedauernd, dann wieder barsch, mal heftig, dann wieder sanft. Klaus dachte, dass sie es genoss, ihren Redakteur zu verleugnen.

Von einer Telefonzelle vor dem Berliner Backsteingebäude, das sich Sender nannte, machte er ein kleines Experiment.

»Kann ich bitte Herrn Möhler sprechen?«, fragte er freundlich, »ich sollte mich melden, weil er mein Exposé gleich lesen wollte, um mir Bescheid zu geben.« Inzwischen waren sechs Tage vergangen, seitdem der Redakteur das Exposé in Händen hielt.

»Er ist nicht da«, sagte die Sekretärin schnippisch.

»Kommt er denn heute noch rein?«

»Das weiß ich doch nicht.«

Dann legte sie auf.

Aha, sie hat ihre unfreundliche Tour, dachte Klaus. Er nahm seine schwarze Ledertasche und verließ die Zelle, um zur Anstalt hinüberzugehen.

Dem Pförtner hielt er seine Ausleihkarte der Universitätsbibliothek entgegen. Es gelang.

Er fuhr mit dem Aufzug in den vierten Stock.

Ohne anzuklopfen betrat er das Büro.

Der Redakteur Möhler stand neben dem Schreibtisch seiner Sekretärin. Er diktierte einen Absagebrief.

»Ach, Herr Watermann, Sie habe ich ja völlig vergessen. Nehmen Sie einen Augenblick in meinem Büro Platz.«

Der Redakteur drängte Klaus in sein mit Manuskripten bewehrtes Zimmer.

Zum zweiten Mal konnte Klaus studieren, wie wenige Manuskripte zur Sendung gelangten. Die Vorstellung bei der *tageszeitung* war erfolgreich gewesen, er konnte die Stelle als Inlandsredakteur bekommen. Nur der Hungerlohn von knapp tausend Mark passte ihm überhaupt nicht. Er wollte versuchen, als freier Journalist für den Rundfunk zu arbeiten. So sehr ihn dieser Manuskripte-Friedhof auch davor warnte. Er hatte von einem Kollegen gehört, dass der Redakteur Möhler selbst *die* Manuskripte nicht lese, die produziert wurden. »Ich lese keine Manuskripte, weil ich sie ja sende«, soll er gesagt haben.

»Also schönen Dank für die prompte Zusendung des Exposés, das hat ja geklappt.« Möhler war sehr freundlich, fast fürsorglich zu seinem neuen Mitarbeiter.

Dann durfte Klaus Waterman sich anhören, dass der Redakteur im Augenblick große Probleme hatte. Seine geplante Flugreise nach Spanien war abgelehnt worden, obwohl es doch mindestens zwei Gründe für diese Dienstreise gab. Und wie ungerecht er behandelt werde, da andere Redakteure schon häufiger ins Ausland reisen durften. »Das kommt davon, wenn man ein kritisches Programm macht«, sagte der Redakteur Möhler von seinem Zuhörer Zustimmung heischend. Danach sprach er über die allgemeinen Schwierigkeiten im Hause, über die Probleme mit der Technik und dass er mit den Handwerkern in seiner Wohnung große Kämpfe habe.

So verging eine halbe Stunde, die zweimal durch Telefonanrufe unterbrochen wurde. »Ich will jetzt nicht gestört werden«, sagte Möhler nach dem zweiten Gespräch zu seiner Sekretärin.

Klaus Waterman hoffte, nachdem ihm sein Überraschungsbesuch gelungen war, dass nun die Rede auf sein Exposé kam.

Er sollte sich getäuscht haben. Den Redakteur plagten weitere Sorgen: Skiurlaub ohne Schnee, Auto in Reparatur, Wellensittich entflogen.

Irgendwann bekam Klaus Mitleid.

»Hat mir gut gefallen, ihr Exposé.« Das war der einzige Satz, den der Redakteur zu dem vorgeschlagenen Thema: *Veränderungen bei den alternativen Medien* sagte. Klaus Waterman ging davon aus, dass der Redakteur Möhler nicht eine Zeile gelesen hatte.

Eine halbe Stunde später bekam Klaus einen Auftrag.

»Machen Sie mir was Munteres über diesen Lokaljournalisten, der den Leiter des Verfassungsschutzes stürzen wollte. Den müssten Sie doch kennen!«

Klaus Grünenberg legte den Hörer auf. Er hatte nicht erreicht, was er wollte, aber immerhin konnte er Rainer privat treffen.

361-2772, die Telefonnummer, die ihn nicht mehr losließ. Als hätte sie sich in seinem Hirn eingebrannt. Wenn er sie anwählte, war stets besetzt.

Also musste sie noch in Betrieb sein, hatte ihm sein Freund Rainer vom Fernmeldeamt gesagt. Eigentlich hatte Grünenberg wissen wollen, wo sich dieser Apparat befand. Aber das wollte Rainer nicht für ihn herausfinden.

»Das kann mich meinen Job kosten, Klaus, musste verstehn. Wenn jemand mitkriegt, wie ich da rumsuche, dann werden die sofort hellhörig, kannste mir glauben, die passen echt auf.«

Er kannte Rainer seit vielen Jahren, hatte sich von ihm eine zweite, nicht ganz legale Nebenstelle ans Bett legen lassen, so dass er nicht immer in sein Arbeitszimmer laufen musste, wenn es klingelte.

»Lass uns das Gespräch beenden«, sagte Rainer, »man weiß ja nie, wer mithört. Wir sind bei der Post.«

Am gleichen Abend traf Grünenberg den Postler auf seiner Parzelle. In strömendem Regen band er die Bohnen hoch.

Der Journalist hatte für Getränke gesorgt. Rainer war in guter Stimmung.

»Es ist ja völlig langweilig, was die immer noch veranstalten mit ihren Schaltungen, wenn sie mal jemand abhören wollen. Das wird bald alles über hochempfindliche Sensoren gehen. In England haben die eine Zentrale aufgebaut, da können die jedes Gespräch in Europa abhören. Bei uns zapfen sie immer noch von Hand an.«

Klaus Grünenberg wollte nicht sofort auf seine Bitte zu sprechen kommen, weil er am Telefon eine deutliche Abfuhr erhalten hatte.

»Wenn du erst mal im Netz drin bist, dann kannst du alles kriegen, was du willst. Die sollten bei der Polizei ein Ressort für Telefonkriminalität einrichten. Da kommt noch eine Menge auf uns zu.«

Der kleine Holzschuppen war mit Plastiktüten dichtgemacht. So saßen sie wenigstens im Trockenen. Rainer hatte diese Parzelle, die direkt an der Bahnlinie lag, billig mieten können. Hier gab es auch kein Telefon.

Grünenberg atmete tief durch, dann fragte er, ob Rainer nicht doch mal erkunden könne, wo der Anschluss 361-2772 sei.

»Das würde mir wirklich weiterhelfen, Rainer«, fügte er hinzu und schenkte beide Gläser voll. Auch die hatte er aus seiner Küche mitgebracht. »Ich habe das rote Behördentelefonbuch Seite für Seite genau studiert, die Nummer ist nicht dabei. Sonst würd' ich dich ja nicht so bitten.«

»Natürlich mach' ich das, Klaus. Aber übers Phon bitte nie mehr eine solche Anfrage. Du bist vielleicht verrückt! Wenn mich dabei jemand belauscht hat...«

Sie mussten die ganze Flasche leeren, weil der Regen nicht aufhörte. Sprachen von früheren Zeiten, als die Betriebszeitung bei der Post erschien, an der auch Grünenberg gelegentlich mitarbeitete: *Das rote Posthorn*. Jede Menge Ärger.

»Du hörst von mir. Ich sage am Telefon nur: Parzelle. Dann treffen wir uns am gleichen Abend hier.«

Geheimdienstmethoden, dachte Grünenberg. Er lächelte betrunken.

Am nächsten Morgen eine unvermutete Wende, die Grünenberg durchaus erfreute.

Das Bundeskriminalamt stellte fest, dass die Hitler-Tagebücher gefälscht waren. Das Papier war geprüft worden, die Bindung, die Tinte: Alles stammte erst aus der Zeit nach dem Zweiten Weltkrieg. »Eine plumpe Fälschung«, hieß es in den Kommentaren.

Jetzt stürzten sich alle Medien, die gerade noch von der größten Leistung eines Reporters seit Menschengedenken gesprochen hatten, auf die Hamburger Illustrierte und ihre Mitarbeiter. Die ausgestreckten Zeigefinger hatten Konjunktur. Eine Debatte über den Scheckbuchjournalismus begann.

Grünenberg las in allen erreichbaren Zeitungen, was über den Medienskandal geschrieben wurde, hörte Nachrichten und sah die TAGESSCHAU. Nur selten wurde darauf abgehoben, dass die Fälschung auch den Nebeneffekt hatte, Hitler von den Verbrechen der Nationalsozialisten freizusprechen, als habe er weder den Überfall auf die Sowjetunion, noch die Verfolgung der Juden gewollt. Das Medienthema war, wie konnte es einem so renommierten Blatt passieren, dass sie einer Fälschung aufsaßen. Medienmacher machten sich Gedanken über Medien. Eitle Selbstbespiegelung.

Fritz Pinneberger hatte nichts von dieser Fälschung gehört, als er sich abends mit Grünenberg traf. Dafür umso mehr, was man dem Journalisten anlastete.

»Die reden über dich, Klaus. Im Polizeipräsidium gibt es nur ein Thema. Du wirst noch richtig berühmt.«

Sie saßen in Pinnebergers Wohnung in der Feldstraße. Alle Möbel weiß, nur der Teppichboden anthrazit. Sogar die Blumenständer waren weißlackiert.

Marianne Kohlhase hatte Abendbrot auf den Tisch gestellt und war ins Kino gegangen. Nicht ohne Fritz einen bösen Blick zuzuwerfen, denn eigentlich wollten sie zusammen gehen. Der Kolossalschinken *Gandhi* lief seit Wochen.

»Warum hat sie für drei gedeckt?«, fragte Grünenberg.

»Lindow kommt auch noch«, antwortete Pinneberger, »er wollte es sich nicht nehmen lassen.«

»Skat?«

»Vielleicht nachher, warum nicht.«

Hauptkommissar Wolfgang Lindow war pünktlich.

Sie begrüßten sich, wobei Lindow bemerkte, er habe bisher gar nicht gewusst, dass auch Journalisten sich irren könnten.

Sie aßen schweigend. Nur selten fiel eine Bemerkung über das Wetter und über die Werder-Mannschaft, die inzwischen auf Platz vier der Tabelle stand und noch immer Aussichten auf die Vize-Meisterschaft hatte.

»Gehst du denn davon aus, dass du im Recht bist?« fragte Lindow, als er sich mit der Serviette den Mund abwischte.

»Warum fragst du?« Grünenberg nahm einen kleinen Schluck Bier.

»Wir müssen doch wissen, in welche Richtung wir zu denken haben«, antwortete Lindow.

Fritz Pinneberger dachte an das Gespräch mit Schlink, mischte sich aber nicht ein.

»Es war eine Falle«, sagte Grünenberg.

»Für wen?«

»Ich denke für mich.«

»Bist du so wichtig?« Lindow kniepte mit dem rechten Auge.

»Wer weiß das schon.«

Sie lachten.

Dann musste der Journalist berichten, wie er an die Informationen gekommen war. Die beiden Polizisten hatten seine Artikel nicht verfolgt, sie wussten nur, dass Reinhard Müller ganz überraschend entlastet worden war.

Grünenberg erzählte, dass er davon ausgehe, dass die Mitteilung von einem Anrufbeantworter gekommen ist. »Genau getimet. Während ich nach Boris fragte, war eine Pause, ebenso für mein Codewort. Wir haben sogar die Pausen ganz laut abgehört, da gibt es keinen Atmer, kein Geräusch.«

»Saubere Arbeit«, meinte Lindow

»Und das Foto?« Pinneberger hielt die beiden Abzüge in der Hand, die Grünenberg mitgebracht hatte.

»Ich gehe davon aus, dass sie montiert worden sind«, sagte der Journalist.

Sie betrachteten das in der Zeitung erschienene Foto und die beiden, die auf der Pressekonferenz vorgelegt worden waren.

Lindow sprach erneut seine Bewunderung aus.

»Es könnte Müller selbst gewesen sein«, sagte Grünenberg, »dem traue ich das ohne weiteres zu. Sich selbst zu belasten, um sich dann wieder zu entlasten, damit man ihn weiterhin unterstützt. Soviel ich gehört habe, hat er jede Menge Feinde.«

»Aber du hast doch auch welche«, warf Pinneberger ein. »Danach solltest du erst suchen.«

»Ein Journalist hat immer Feinde, das gehört sich so«, erwiderte Grünenberg.

»Aber wer sind sie? Darauf kommt es an.« Lindow legte die Fotos beiseite. »Ich habe den Müller ja nur einmal gesehen, aber was ich in all den Jahren von ihm gehört habe, das ist eine Nummer zu groß für ihn. So was steht der nicht durch. Auch wenn er in seinem Amt die Möglichkeiten hat, all das herzustellen, der nicht.«

»Hast du dich mal erkundigt, woher die Fotos kamen?« Pinneberger stand auf, um Bier zu holen. »Die Quelle müsstest du rauskriegen, da sehe ich den ersten Ansatzpunkt. Wenn dich jemand reinlegen wollte, dann muss er die Fotos zur Entlastung von Müller beigebracht haben.«

Klaus Grünenberg schüttelte den Kopf. »Mir sagt keiner mehr was, da sind alle Schotten dicht.«

Die beiden Polizisten, die schon häufiger mit Grünenberg zusammengesessen hatten, waren ratlos.

»Mach eine Liste all derer, die dich in so eine Falle locken wollten, streich diejenigen durch, denen du nicht zutraust, dass sie das technische Vermögen für diese Fälschungen hatten, und dann marschier los, Klaus. Mehr kann ich dir nicht raten.«

Wolfgang Lindow holte aus der Jackentasche ein Skatblatt.

»Moment«, rief Grünenberg, »ich hatte gehofft, dass ihr mir vielleicht helfen könntet.«

»Aber wobei, Klaus?« Fritz Pinneberger legte einen kleinen Block und einen Kugelschreiber bereit.

»Es muss doch einen Weg geben, wie ich herausfinden kann...«

»Das Motiv musst du finden, erst das Motiv, sonst kommst du nicht weiter.«

Lindow nahm das Blatt in die Hand. »Wenn du eine Ahnung hast, wer es warum getan haben könnte, dann können wir dich vielleicht unterstützen. Ich kann doch nicht wissen, welche Leute aus deinen Kreisen auf deinen Posten neidisch sind ...«

»Da ist niemand neidisch«, unterbrach ihn Grünenberg, der den Gedanken, sein Stellvertreter Kummer habe ihm diese Falle gestellt, aufgegeben hatte.

»Also bitte, erst die Liste der Feinde.« Lindow mischte schon. »Die technischen Sachen: Fotomontage, Band herstellen, Anrufbeantworter trimmen, das kommt alles später. Glaub mir, dazu war ich lange genug aktiver Kriminalist, um nicht zu wissen, wie du vorgehen musst.«

Sie spielten drei Stunden, bis Marianne wiederkam.

»Da hätte ich auch bleiben können«, sagte sie. »Was für eine Schnulze dieser Film! Ein paar Runden Skat wären erfrischender gewesen.«

In dieser Nacht beichtete sie ihrem Freund, dass ihre Bewerbung für das Projekt *Frauen in die Polizei* erfolgreich war.

16

Schon am zweiten Tag hatte Klaus Grünenberg sich an die neue Situation gewöhnt. Wenn er das Telefon abnahm, dauerte es fünf Sekunden, bis er ein Freizeichen hörte. Regelmäßig. Wenn er aus dem Fenster in der Moselstraße sah, konnte er den beigen Opel mit den beiden Herren entdecken. Er hatte damit gerechnet.

Jetzt schlug Müller zurück.

Vielleicht war das ein Weg, sich zu rehabilitieren, dachte Grünenberg, *eine Observation zu vermelden, immerhin.*

»Parzelle«, sagte Rainer, der morgens als Erster anrief. Grünenberg bedankte sich. Am Abend würde er mehr wissen.

Eigentlich schön so ein Tag, an dem er nicht in die Redaktion gehen musste. Er rasierte sich ausführlich, sah die Tränensäcke unter den Augen. Streckte die Zunge heraus, sie war nicht belegt. Ein gutes Zeichen. Als Hypochonder horchte er genau auf seinen Körper. Schon ein leichter Schmerz konnte ihn aus der Bahn werfen.

Er war nicht viel weitergekommen mit seinen Überlegungen.

Die Liste, die Lindow ihm vorgeschlagen hatte, war sinnlos. Die Namen, die er notierte, strich er gleich wieder aus. Es musste eine alte Feindschaft sein, irgendetwas, was ihm aus früheren Zeiten nachhing.

Ich nehme mich viel zu wichtig, dachte er. *Es geht nicht um meine Person, es geht um Müller. Jemand wollte den kalt erwischen, ich muss mich auf diese Fährte konzentrieren.*

Jetzt ärgerte ihn die Reserviertheit der beiden Polizisten, sie wollten ihm nicht helfen. *Wie oft habe ich denen mit einer Veröffentlichung geholfen?*

Er stand vor seinem Schrank und überlegte, was er anziehen sollte. Das war noch nie in den letzten Jahren vorgekommen. Aber er hatte ja Zeit, viel Zeit.

Es ging um Müller, der immer im Schatten stand, auch wenn er mit allen Mitteln versuchte, ans Licht zu kommen. Jemand hatte Grünenberg eine Kopie des Seminarberichtes aus Hiltrup zugeschickt, den Müller verfasst hatte. Die lauten Töne, die er anschlug, würden gehört werden. Seine Ausführungen würden bestimmt ein Nachspiel haben. Immerhin hatte er geschrieben, dass die Polizei sich in der ersten Stufe eines neuen Krieges befinde. Starker Tobak.

Grünenberg wählte die Jeans, in die er sich mühsam hineinzwängte, und nahm ein großkariertes Hemd aus der Schublade. Als er die Tennisschuhe anzog, spürte er sein Bauchfett.

Es könnte jemand aus dem Verfassungsschutz gewesen sein, der Müller auf dem Kieker hatte. Aus dem eigenen Laden. Wollte vielleicht seinen Posten erben. Die technischen Möglichkeiten waren in dieser Dienststelle vorhanden. Jeder hatte Zugang zu den neuesten Geräten.

Grünenberg kannte niemand in diesem Amt. Er musste lange überlegen, wen er einschalten konnte.

Aber wieso tauchten dann die entlastenden Fotos auf? Oder war das eine Panne im Plan?

Der suspendierte Lokalchef betrachtete sich im Spiegel: Freizeit-Look, entsetzlich.

Wenn Müller einen Gegner hatte, wovon Grünenberg jetzt ausging, dann musste es Freunde geben, die nach diesen entlastenden Fotos gesucht hatten. Oder er konnte sie selbst beibringen.

Mit einem Mal beeilte sich Grünenberg. Er nahm die alte Jeans-Jacke, die ihm sicherlich nicht mehr passte, warf sie über die Schulter und verließ das Haus.

Mit schnellen Schritten ging er auf den beigen Opel zu.

Er sah die Gesichter der beiden Observanten.

Starr.

Grünenberg klopfte an die Scheibe.

»Guten Morgen, können Sie mir die Uhrzeit sagen?«

Der junge Mann stotterte: »Kurz nach neun.«

»Danke«, erwiderte Grünenberg.

Der andere Mann stellte das Radio leiser, Polizeifunk. Grünenberg erkannte es sofort.

»Damit Sie heute nicht so viel Mühe mit mir haben: Ich gehe erst zur Bank, dann will ich mir die Haare schneiden lassen, Obernstraße, dann fahre ich zur Universität, weil ich etwas nachforschen will, über Ihren Amtsleiter. Ich werde wohl gegen Abend wieder zu Hause sein.«

»Hauen Sie bloß ab, Sie Scheiß...«, schrie der Mann auf dem Beifahrersitz.

»Ich wollte Ihnen die Arbeit erleichtern.«

Grünenberg drehte ab, schlenderte die Moselstraße entlang.

Als er auf der Weser-Brücke stand, konnte er den beigen Opel erkennen.

Schön langsam fahren, Jungs, dachte er, *sonst bin ich schnell weg.*

Fritz Pinneberger und Karl Schlink standen nebeneinander, wie zwei Schüler, die zum Arrest antreten mussten.

»Es kann Ihnen doch nicht entgangen sein, dass Sie bei der Mordkommission tätig sind. Sie haben einen Fall aufzuklären. Aber nicht das ist wichtig für Sie, sondern eine schöne Dienstreise in den Süden. Die Tatverdächtige kann seelenruhig entfliehen, und Sie winken hinter ihr her.«

Kriminaldirektor Lang hielt eine Standpauke erster Ordnung.

Seitdem die beiden Kommissare den Fluchtweg verfolgt hatten, war ihnen ihr Versagen deutlich geworden. Elisabeth Konz hatte eine Maschine nach Paris genommen, dort verlor sich ihre Spur. Die Nachfrage bei französischen Behörden hatte nichts ergeben. »Setzen Sie die Frau auf die Interpolliste, dann können wir einschreiten«, kam die Antwort per Telex.

Aber für die internationale Fahndung kam der Fall nicht in Frage, weil die Kommissare nicht mehr als die Aussage von Stenzler hatten.

»Sie machen die Geschichte jetzt wasserdicht. Wir rollen den Fall von vorne auf. Das ist die einzige Möglichkeit, um die Scharte auszuwetzen. Wir können uns solche Schlampereien im Dienst nicht erlauben.« Lang schluckte, dann setzte er die Anrede dahinter: »Kollegen.«

Kriminaldirektor Lang in Wut: grauer Anzug, grünliche Fliege, rotes, feistes Gesicht,

Pinneberger hielt dem wütenden Vorgesetzten stand.

»Und eins sage ich Ihnen: Lassen Sie Stenzler in Ruhe, der Mann hat es verdient, nicht belästigt zu werden ...«

»Augenblick«, warf Pinneberger ein, »wenn wir den Fall klären sollen, dann brauchen wir den Stenzler hier. Da gibt es kein Pardon.«

Lang wartete mit seiner Antwort, tat so, als müsse er nachdenken. »Sie haben sich schon einmal geirrt, Pinneberger, reicht das nicht? Sie hatten nicht so viel kriminalistisches Gespür, um mitzukriegen, dass Stenzler dieses Geständnis vor der Kamera nur abgelegt hat, um die Sache wieder ins Rollen zu bringen. Das war ein Trick. Ich habe es gleich gewusst. Aber Sie wollten ihn ja sogar in U-Haft bringen!«

Schlink stand neben seinem Kollegen und trat von einem Bein aufs andere. Er sagte nichts.

»Aber Stenzler hat der Tatverdächtigen doch erst den Vorsprung verschafft. Wenn er uns nicht nach Starnberg hätte kommen lassen, um seine Aussage ...«

»Kommen lassen, ich höre, kommen lassen. Sie wollten doch selbst diesen kleinen Urlaub im sonnigen Süden. Da wird jetzt nichts verdreht.«

»Stenzler hat der Konz geholfen zu verschwinden, bevor wir den Zugriff machen konnten. Insofern hat er sich mitschuldig gemacht. Strafvereitlung ist das, Fluchthilfe!«

Pinneberger merkte, dass seine Lautstärke Lang beeindruckte, als würden seine Argumente dadurch mehr Gewicht erhalten. Er wusste, dass Schlink diese Theorie nicht teilte, aber solange der nichts von sich gab, musste Pinneberger versuchen, auf seine Art ihren Kopf zu retten.

»Es ist und bleibt meine Entscheidung: Solange Sie den Fall nicht ganz und gar geklärt haben – Motivstrukturen, Logistik der Tat, Alibi, werden Sie keinen Kontakt mehr mit Dr. Stenzler aufnehmen. Das ist ein dienstlicher Befehl. Ich lasse gleich eine Aktennotiz anfertigen, damit wir etwas Schriftliches haben.«

»Dann geben wir den Fall ab«, sagte Schlink. Es klang wie ein Peitschenhieb.

Pinneberger war völlig überrascht von diesem Einwurf, denn darüber hatten sie nicht gesprochen.

»Das werden Sie nicht können, weil es Ihr Fall ist. Ich werde doch nicht Kollegen dafür einsetzen, die sich erst in den Fall einarbeiten müssen. Auch das kann ich Ihnen schriftlich geben, wenn Sie wollen.«

Pinneberger wusste, dass sie kaum eine Chance hatten, irgendeine neue Spur zu finden. Nachdem Fred Konz sein Geständnis widerrufen hatte, war schon alles abgegrast worden.

Aber hier entschied der Dienstweg.

»Haben Sie noch etwas zu sagen?«, fragte der Kriminaldirektor.

»Nein, Herr Vorsitzender.« Pinneberger versuchte einen Witz.

Schlink lachte.

Lang drehte sich um und sah aus dem Fenster.

»Ich werde beschattet«, sagte Grünenberg.

Mammen tippte sich an die Stirn.

»Du siehst Gespenster, Klaus.«

Der Kulturredakteur saß hinter seinem Schreibtisch, der mit Manuskripten und Büchern überladen war.

»Wenn du mal bitte aufstehen würdest ...« Grünenberg ging um die Papierberge herum und zeigte aus dem Fenster. »Der beige Opel da unten, das sind sie. Folgen mir schon seit gestern.«

Mammen blickte auf die Straße.

»Bist du sicher?«

»Ich habe sie direkt gefragt.« Dann musste Grünenberg erzählen, wie er am Morgen mit den beiden Observanten Kontakt aufgenommen hatte.

Mammen freute die Geschichte.

»Da gehe ich auch gleich hin. Die stehen nämlich im Parkverbot. Ich lass' mir die Mütze vom Pförtner geben.«

Er führte ein kleines Tänzchen auf, wie immer, wenn er gut gelaunt war. Die Arbeit im Feuilleton brachte ihm endlich den Raum, den er für seine edle Feder brauchte. Viel zu lange hatte er als Gerichtsreporter arbeiten müssen. Es gab nur eine Sache, die ihn nach wie vor ärgerte. Die *Weser-Nachrichten* druckten keine Rezensionen. Die Großstadtzeitung besaß sie keine Buchseite. Auch das würde er noch ändern.

Mammen fragte Grünenberg, wann er wieder seinen Posten einnehmen wolle.

»Bald.«

Der Lokalchef griff zum Telefon.

Mammen hielt den Hörer fest. »Darfst du denn das?«

»Ich werde abgehört, von meinem Telefon aus sollte ich nicht ...«

»Paranoia«, zischte Mammen, »wenn die dich schon ergriffen hat. Ich geh' dann lieber, scheinen ja geheimdienstliche Tätigkeiten zu sein, die du vorhast.«

Klaus Grünenberg wartete, bis der Kulturredakteur **das** Büro verlassen hatte. Wie konnte man nur an einem so unordentlichen Schreibtisch so ordentliche Artikel verfassen.

Er erreichte Rainer sofort.

»Stichwort: Parzelle. Geht nicht. Du kommst in deiner Mittagspause zum Pressehaus und gibst eine Kleinanzeige auf. Beeil dich.«

»Ist gut«, sagte Rainer.

Das Fernmeldeamt lag nur wenige Blocks vom Pressehaus entfernt. Grünenberg wollte erst kurz nach halb eins in die Anzeigenaufnahme gehen, denn er hatte keine Lust, mit jedem Kollegen zu besprechen, was er als nächstes tun wollte. Insofern war das Büro von Mammen ein sicherer Ort zu telefonieren. Er rief Adler an, um sich mit ihm für den Abend zu verabreden.

»Du bist mir ein schöner Kollege«, schnarrte der Fernsehredakteur, »wir wollten das Ding doch gemeinsam machen, und du rührst dich nicht. Komische Form der Kooperation.«

Grünenberg verstand den Ärger nicht.

»Hast du denn schon was unternommen?«, fragte er.

»Ja, nein, ich hab', also ich dachte, wir machen das zusammen...«

Adler wollte drei Sätze gleichzeitig anfangen und brachte keinen zu Ende.

»Dann hör auf zu blöken, Michael. Ich hab' einiges herausgefunden, aber nicht übers Telefon. Wir müssen überlegen, wo wir uns treffen. Ich werde nämlich beschattet. Verfassungsschutz macht sich bemerkbar.«

»Is ja toll. Das filme ich.«

Klaus Grünenberg verstand auch diese Reaktion seines Kollegen nicht, aber der Einfall war nicht schlecht.

»Ich melde mich wieder. Es bleibt bei heute Abend.«

Adler stimmte zu. »Aber nicht zu spät, damit ich noch Büchsenlicht für mein Team habe.«

Sie verabschiedeten sich.

Klaus Grünenberg sah auf die Uhr. Es war Zeit, in die Anzeigenaufnahme im Erdgeschoß zu gehen. Dort würde Rainer nicht auffallen, denn es kamen laufend Kunden in die Eingangshalle.

Er sah ihn neben der Tür stehen und winkte ihn heran.

Sie gingen die Treppe hinunter ins Betriebsratsbüro.

»Brauchst du Hilfe, Klaus?« fragte Kurt.

»Wieso?«

»Ich meine wegen der Suspendierung«, sagte der Betriebsrat. »Ist ja nicht das erste Mal, was?«

»Lass mal, Kurt, die Suspendierung ist bald vorbei. Aber sonst, ich sag' Bescheid.«

Ohne dass Grünenberg darum gebeten hatte, verließ Kurt den Raum. »Mahlzeit«, sagte er gedehnt.

Rainer war die ganze Zeit schweigend mitgelaufen.

»Was soll diese Geheimniskrämerei, Klaus?«

Zum dritten Mal erklärte Grünenberg an diesem Tag, dass man ihn beschattete.

Rainer verzog keine Miene. »Du redest darüber, als sei es ein Spaß. Ich finde das überhaupt nicht komisch.«

Grünenberg nickte. »Nein, komisch ist es nicht. Aber was soll ich machen? Immerhin hast du mich ja sogar auf die Idee gebracht: Vorsicht beim Telefonieren. Immer wenn ich meinen Hörer abhebe, dauert es fünf Sekunden, bis ein Amt kommt.«

Rainer sagte, das könne auch eine technische Störung sein.

»Es war nicht ganz leicht herauszufinden, wo das Telefon steht. Aber ich hab' es geschafft.«

»Bist eben ein Profi.«

Grünenberg legte den Finger auf den Mund. »Lass mich raten. Meine Nase sagt mir, das Telefon steht im Landesamt für Verfassungsschutz. Es kann nicht anders sein.«

»Falsch«, erwiderte Rainer, »aber die Richtung stimmt.«
»Was soll das heißen?«
»*Öffentliche Sicherheit Un-Ordnung!* Stammt der Spruch nicht von dir?«
»Ja und?«
»Das Telefon steht im vierten Stock des Polizeipräsidiums.«
»Nein«, entfuhr es Grünenberg.
»Kein Zweifel. Ich hab' die Leitung verfolgt und war sogar gestern Nachmittag am Schalthäuschen, wo die Strippe abgeht. Die Nummer ist besetzt, noch immer. Da hat jemand einen Fehler gemacht. Oder vergessen, den Hörer aufzulegen.«
»Im Polizeipräsidium, vierter Stock. Welches Zimmer?«
»Das steht nicht dran an unserer Leitungsmarkierung.«
»Rainer, was willst du trinken!«

Klaus Grünenberg konnte nicht umhin, seinen Freund zu umarmen. Er drehte ihn im Kreis, wie ein Karussell.

Kurt kam herein. »Ist Männerwahl angesagt? Da möcht' ich auch mitmachen.«

Der Betriebsrat hätte sehr gern gewusst, warum die beiden sich so freuten. Grünenberg bat um ein paar Tage Aufschub. »Dann schreib' ich dir eigens einen Artikel, Kurt. Danke für die Bürobenutzung.«

»Da nicht für«, antwortete Kurt. Er packte den halben Grillhahn auf seinen Schreibtisch und begann, ihn fachgerecht zu zerlegen.

Grünenberg stieg mit seinem Postlerfreund die schmalen Treppenstufen hoch.

»Du gehst jetzt wieder durch die Schalterhalle, hast eine der schönsten Anzeigen aufgegeben, die ich je gelesen habe. Nochmals danke.«

Der Lokalchef sah ihm durch die Glasscheibe nach.

Vierter Stock, da saß Mantz. Und der war Polizeipräsident. Die obere Etage. Grünenberg konnte sich nicht vorstellen, dass Mantz ihm die Falle gestellt hatte. Aber dort stand das Telefon. Am liebsten hätte er gleich den Apparat gesucht.

Er kehrte in das Büro von Mammen zurück. Der war nicht an seinem Platz.

Schade, dem hätte ich das erzählt, dachte er.

Dann sah er aus dem Fenster auf das gegenüberliegende Haus. Jemand winkte ihm zu.

Grünenberg kniff die Augen zusammen.

Er erkannte seinen Kulturredakteur.

Mammen hielt etwas in der Hand.

Der Lokalchef öffnete das Fenster, nachdem er riesige Papiermengen vom Fensterbrett gewuchtet hatte.

Mammen zeigte nach unten.

Auf den beigen Opel.

Mammen warf etwas hinunter.

Zwei Tüten flogen durch die Luft.

Sie klatschten auf das Auto.

Der Opel verfärbte sich.

Braun.

Milchkakao aus der Tüte.

Eine richtige Soße.

Mammen hatte gut gezielt.

Die beiden Observanten sprangen aus dem Opel. Sie wurden von der herunterlaufenden Brühe eingesaut.

Grünenberg griff zum Telefon.

»Schickt mal jemand vor die Tür. Da ist ein kleiner Unfall passiert. Wir brauchen ein Bild für die morgige Ausgabe.«

Mammen hatte das Fenster wieder geschlossen.

Auf dem Weg zum Pressehaus geriet Klaus Waterman in eine Stadtführung. Die blaugekleidete Hostess führte eine Gruppe Bayern durch die Böttcherstraße. Sie trug ein rotweißes Halstuch, in den Farben der hansestädtischen Fahne.

Die hieß Speckflagge, weil sie wie gestreifter Speck aussah.

Bekomme ich mal erklärt, warum die Sieben Faulen, die mehrfach in dieser kurzen Gasse zu bewundern waren, ihren Namen tragen. Kein schlechter Anfang für meine Arbeit als freier Journalist. *Das Lob der Faulheit* von Paul Lafargue war eines seiner Lieblingsbücher. Klaus Waterman behauptete, dass er ein Ideal der 68er-Jahre auch weiterhin verfolgen werde: Leistungsverweigerung, nicht aufsteigen wollen, keine Karriere. *Faulheit* war für ihn auch kein Schimpfwort.

Der Berliner Hörfunk-Redakteur hatte ihm Reisespesen bewilligt, weil Klaus Waterman behauptete, dass er jetzt in der Mauerstadt lebe. Zum ersten Mal reiste er auf Spesen. *Da kann ich es auch langsam angehen lassen,* dachte er.

»Es ist natürlich ein Märchen«, rief die Hostess über die Köpfe der Bayerngruppe hinweg, »aber ein schönes. Wenn Sie mal oben schauen wollen, dort stehen die Sieben Faulen ... Und wie alle Märchen, so beginnt auch dieses. Es war einmal ... ein Vater, der hatte sieben Söhne, die so faul waren, dass sie unentwegt darüber nachdachten, wie sie sich um die Arbeit drücken konnten. Der Vater war sehr verärgert über seine Söhne und schickte sie fort.«

Klaus Waterman sah in die Runde. Das Märchen schien nur ihn zu beeindrucken, denn längst hatten sich die Touristenköpfe wieder anderen Objekten dieser Straße zugewandt. Der hansestädtische Kaffeebaron Ludwig Roselius hatte die Böttchergasse erbauen lassen. In den 20er Jahren.

»Nach und nach kamen die Söhne wieder zurück. Der Vater prüfte, ob sie sich vielleicht gebessert hätten. Denn wer in die Welt hinausfährt, verändert sich auch. Doch sie waren immer noch faul. Der eine ließ eine Straße bauen, weil er darauf bequemer gehen konnte. Der zweite baute einen Brunnen, weil er zu faul war, unentwegt an die Weser zu rennen, um Wasser zu holen. Der dritte legte Deiche an, weil er keine Lust hatte, nach der Flut wieder alles neu aufbauen zu müssen. Und so weiter. So wurden die sieben faulen Brüder die ersten Rationalisierer unserer Stadt. Sie kamen zu Wohlstand und brachten es schließlich bei ihren Mitbürgern zu hohem Ansehen. Und wenn sie nicht gestorben sind...«

»Dann leben sie noch heute«, ergänzten die Touristen im Chor.

Klaus Waterman sah noch einmal zu den Jugendstilfiguren hinauf: *Wenn Fleiß jetzt schon Faulheit genannt werden kann, muss ich mir ein anderes Ideal suchen.*

Wenige Minuten später erreichte er das Pressehaus.

Der Pförtner sagte: »Herr Grünenberg ist nicht da. Der darf im Moment nicht arbeiten, soviel ich gehört habe.«

Waterman fragte, wo er den Lokalchef antreffen könne.

»Er war vorhin im Haus, aber ich weiß nicht ... Nein, der ist schon wieder weg.«

Mammen kam die Treppe herunter, eine Satzfahne in der Hand.

»Klaus, was machst du hier? Willst du dich an der bürgerlichen Presse vergehen?«

»Nein, ich arbeite für den öffentlich-rechtlichen Unfug«, antwortete Waterman.

Mammen hatte einige Male fürs *Stadtblatt* geschrieben, die beiden Journalisten mochten sich.

Waterman erzählte von seinem Auftrag.

»Schade«, sagte Mammen, der noch Spuren der Kakaomilch am Hemd vorweisen konnte, »da hast du gerade was verpasst. Aber wäre ja sowieso nichts für den Funk gewesen. – Der Klaus ist unterwegs. Aber versuch es bei ihm zu Hause lieber nicht, es sei denn, du möchtest ein offizielles Foto von dir haben. Grünenberg wird nämlich observiert.«

»Sicher?«

»Ganz sicher!«

»Dann muss ich ihn umso dringender sprechen.«

Mammen gab ihm die Adresse. »Und funk was Schönes, die Geschichte lohnt sich schon jetzt. Schade, dass ich sie nicht schreiben darf.«

»Kennst du das Märchen von den Sieben Faulen?« fragte Waterman.

»Das ist eine Legende, kein Märchen«, verbesserte ihn der Kulturredakteur und verschwand in der Setzerei.

Die Anfrage des suspendierten Journalisten kam Fritz Pinneberger gerade recht. »Ich muss mal ins Archiv«, log er, »lass die Akten nicht feucht werden, Karl.«

Der Oberkommissar schlenderte über den gebohnerten Flur. An den Wänden hellgrüne Ölfarbe, auf die keine Schmierereien angebracht werden konnten. Darüber alles grauweiß gekälkt. Wie konnte einen dieses Gebäude zur Arbeit motivieren?

Pinneberger kannte den Fall Döhler auswendig, da nutzte kein weiteres Aktenstudium: Erst gesteht Fred Konz, den Fahrradhändler Franz Döhler umgebracht zu haben, dann widerruft er, aber die Indizien sprechen gegen ihn. Er kommt ins Gefängnis und bringt sich um. Dann gesteht sein Gutachter Dr. Stenzler, widerruft aber sein Geständnis und belastet die Ehefrau des Konz. Die setzt sich ab. *Natürlich hat er ihr einen Wink gegeben,* dachte Pinneberger. *Wenn ich dafür nur den kleinsten Hinweis finde, dann kommt auch Stenzler wieder in die Schusslinie.* Das stand für ihn fest.

Langsam ging er die Steinstufen hoch. Seit Marianne ihm erzählt hatte, dass sie zur Polizei wolle, war sein Wunsch stärker geworden, endlich den Job hinzuschmeißen. Aber was hatte ein Polizist schon anderes gelernt als Polizist? Die privaten Wachmannschaften waren überfüllt mit ehemaligen Kollegen. Niemand konnte einen Kommissar gebrauchen.

Mantz kam ihm entgegen: »Irgendeinen Verdacht?«

»Keine besonderen Vorkommnisse«, witzelte Pinneberger zurück.

Der Polizeipräsident glänzte in seinem Ausgehanzug.

Er ging zum Mahl der Arbeit, das in der oberen Rathaushalle stattfand. Dort würde er wieder eine seiner bemerkenswerten Reden halten, die ihm sein Pressesprecher formuliert hatte: »Eine hohe Kriminalitätsbelastung gefährdet unsere Sicherheit. Deswegen müssen wir die Kripo aufstocken. Solange Geld für Bunkerbemalungen, biologische Gärten und Krankenhausneubauten da ist, muss sich auch der Sicherheitsbereich ausdehnen.«

Beim Mahl der Arbeit, das immer kurz vor dem 1. Mai stattfand, speisten auch die wichtigen Senatoren. Für die waren diese Sätze gedacht. Mehr Sicherheit nur, wenn mehr Geld dafür ausgegeben wurde.

Fritz Pinneberger hatte kurz überlegt, ob er Mantz direkt ansprechen sollte. Immerhin war die Geschichte um Stenzler auch bis zu ihm vorgedrungen. Aber die Nichteinhaltung des Dienstweges hätte zu einem noch größeren Debakel führen können.

Dann stand er im vierten Stock. Dem heiligen Flur, der allerdings auch nicht anders gestrichen war.

Wo konnte dieses Telefon versteckt sein? Die Angaben, die Grünenberg gemacht hatte, waren nicht besonders präzise.

Der Oberkommissar hatte sich eine kleine Geschichte ausgedacht, falls er angesprochen wurde. Er wollte einfach behaupten, Mantz hätte ihn zu einem Gespräch gebeten.

Es sprach ihn niemand an.

Pinneberger ging von Tür zu Tür. Las die Namensschilder, fragte sich, ob einer der hohen Beamten, die dahinter saßen, etwas mit Müller zu tun haben konnte.

Einfache Kombinatorik.

So hatte Lindow das immer genannt.

Anfangs wollte er Grünenberg nicht glauben, als der sagte, dass der Apparat, von dem er angerufen worden war, im vierten Stock des Polizeihauses zu finden sei. Trotzdem reizte ihn die Suche. Er konnte sein Mütchen kühlen. Auf den Dienstweg pinkeln.

Wie ruhig es hier oben zuging. Ganz anders als in den unteren Etagen, wo ständig Türen auf- und zuklappten, Leute hin- und herwanderten, Boten große Postkörbe von Büro zu Büro schoben.

Archiv stand an der Tür.

Der Raum war verschlossen.

Fritz Pinneberger versuchte es mit dem 2er-Schlüssel, dem Passepartout für alle Räume des Polizeipräsidiums.

Die Tür ließ sich öffnen.

Er sah das Telefon sofort.

Der Hörer lag daneben.

Auf einem kleinen Tischchen. Sonst war nur noch ein leeres Regal in dem kleinen Raum, der keine Fenster hatte.

Kein Tonband, kein Anrufbeantworter.

Pinneberger sah sich das gesuchte Objekt an.

Er wollte den Apparat nicht anfassen.

Das würde denjenigen, der sich dieses Telefons bediente, aufmerksam werden lassen.

Vorsichtig schloss er die Türe wieder ab.

Kaum hatte er sich ein paar Schritte entfernt, trat ihm der Pressesprecher gegenüber.

»Was machen Sie hier? Wer sind Sie? Können Sie sich ...« Harms blickte ihn an wie ein Gespenst.

»Oberkommissar Pinneberger auf dem Weg zum Präsidenten. Ich bin gerufen worden.«

»Das wüsste ich aber. Der Präsident ist zum Empfang im Rathaus. Fällt Ihnen nichts Besseres ein?«

»Im Moment nicht«, antwortete Pinneberger und ließ den Pressesprecher stehen.

Er ging zum langsamen Beamtenaufzug, fuhr einige Stockwerke runter. Kehrte aber mit dem nächsten Aufzug wieder in die vierte Etage zurück.

»So, du gehst jetzt die Moselstraße bis zum Ende, biegst rechts ab. Ich habe das Team gleich hinter der Ecke stehen. Einfach gehen, sonst nichts.«

Michael Adler kniepte mit dem rechten Auge.

»Keinen einarmigen Handstand, oder so was?«, feixte Grünenberg.

»Nur gehen. Ich will den Wagen schön im Bild haben, wenn er dich verfolgt, dann können wir richtig ranzoomen, das macht sich gut.«

Der beige Opel war in der Waschanlage gewesen und glänzte wieder.

Klaus Grünenberg konnte es nicht lassen. Als er aus der Haustür trat, winkte er den beiden Observanten zu.

Sie folgten ihm.

Es hatte einen kurzen Streit mit Adler gegeben, weil der sich übergangen fühlte. »Ich hätte schon manches im Kasten haben können, du musst auch mal an die Bilder denken.«

Grünenberg verteidigte sich, er sei kein Bildermensch, und außerdem wäre es völlig sinnlos, wenn er seine Informanten gleich mit der Kamera aufsuchen würde. »Da mauern die volle Kanne.«

Grünenberg bog ab.

Sofort entdeckte er die Kamera, auch wenn sie zwischen zwei Lastwagen versteckt war.

Er beschleunigte seinen Schritt, wie Adler es ihm gesagt hatte. Mit dem Beitrag in der *NORDSCHAU* würden sie Müller seine dreckige Arbeit heimzahlen, das hatte ihm der Fernsehkollege versprochen. Für den nächsten Tag hatte Adler einen Interview-Termin beim Leiter des Verfassungsschutzes bekommen, der war froh, dass er im

Fernsehen seine Unschuld beteuern durfte. Adler wollte ihn mit dem gerade gedrehten Material konfrontieren. Direkt vor der Kamera.

Plötzlich schoss der beige Opel an Grünenberg vorbei.

Die Reifen quietschten.
Verdutzt blieb der korpulente Lokalchef stehen.
Michael Adler kam angerannt.
»Sie haben uns entdeckt.«
Er lief weiter.
Der Kameramann sah zufrieden aus. »Keine Angst, Michael, die haben wir voll gefilmt.«
»Gut, dann stellt euch bitte in der Moselstraße auf, damit wir sie haben, wenn sie wieder eintreffen.«
»Aber es wird zu dunkel«, beklagte sich der Kameramann, der nicht gerne Überstunden machen wollte.
»Komm, komm«, winkte Adler ab, »noch haben wir Büchsenlicht.«

Klaus Waterman erschien in Grünenbergs Wohnung, als die beiden Journalisten sich beharkten.

Er berichtete von seinem Hörfunk-Auftrag und wurde gleich eingespannt.

»Weiß ja keiner, dass du mit uns zu tun hast«, sagte Grünenberg. »Wir müssen herausfinden, woher die Fotos kamen, die Müller entlastet haben. Mir sagt da niemand was und dem Adler bestimmt auch nicht. Hörfunk, zumal wenn er in Berlin gesendet wird, interessiert hier nicht.«

Waterman bedankte sich für das Kompliment und willigte ein. Dafür musste Grünenberg ihm die ganze Geschichte erzählen.

Michael Adler sah aus dem Fenster. »Das klappt hervorragend. Solange mein Team da unten Wache steht, solange kommen die grauen Männer nicht wieder.«

Zu dritt spielten sie die verschiedenen Möglichkeiten durch. Grünenberg bestand darauf, dass auch die Variante geprüft werden sollte, dass Müller selbst hinter dem gefälschten Material stand. Die anderen beiden stimmten zu, obwohl ihnen diese Version nicht einleuchtete.

»Schreibst du an einem Buch?«, fragte Adler und zeigte auf den halbierten Karton, in dem sich die beschriebenen Blätter stapelten.

»Nein«, log Grünenberg, »das ist mein Abfall. Ich benutze die Rückseiten als Konzeptpapier.«

»Sparsam, sparsam«, lobte Adler, »sollte ich mal unserem Produktionsleiter vorschlagen, der würde dir eine Urkunde für den Rationalisierungsvorschlag überreichen.«

Sie stellten eine Liste der offenen Fragen zusammen.

Es klingelte. Per Knopfdruck öffnete Grünenberg die Haustür.

»Störe ich«, fragte Pinneberger.

»Polizei«, rief der Lokalchef.

Die beiden anderen Journalisten sprangen auf. Und hoben die Hände.

Fritz Pinneberger wusste nicht, was dieser Quatsch sollte. Er wurde vorgestellt.

»Ich möchte da nicht reingezogen werden«, sagte er, als er merkte, wer sich bei Grünenberg getroffen hatte. »Können wir nicht alleine reden?«

Klaus Grünenberg sah den beiden Kollegen an, dass ihnen das gar nicht recht war.

»Bleibt ihr mal hier. Ich geh' mit Fritz in die Küche.«

Er zog die Tür hinter sich zu.

»Klaus, das geht so nicht. Wenn die erfahren, dass ich beteiligt bin, ich meine, du weißt, dann kann ich meinen Hut nehmen und meinen Mantel dazu.«

»Das erfährt keiner, Fritz. Dafür garantier' ich dir.«

»Das Telefon steht im vierten Stock, kleiner Abstellraum, ganz leer, abgeschlossen...«

»Hast du das Telefon kontrolliert?«

»Nein, sollte ich das?«

»Warum bist du so sicher?«

Grünenberg hatte gehofft, mehr als nur den Standort zu erfahren.

»Der Hörer lag daneben, ohne dass es einen Ton von sich gab. Wahrscheinlich hat jemand eine Nummer gewählt, dann ist der Apparat von draußen besetzt.«

Fritz Pinneberger wollte den Journalisten zappeln lassen. Eine Taktik des langsamen Verhörs, nicht zu viel verraten, erst den Einzuvernehmenden in Sicherheit wiegen.

»Also, wir können davon ausgehen, dass dies das Telefon ist ...«

»Ja, ich denke schon«, unterbrach ihn Pinneberger. »Hast du nichts zu trinken da? So trocken war es hier selten.«

Während Grünenberg am Eisschrank hantierte, riss der Oberkommissar die Küchentür auf.

Es stand niemand davor.

Leise schloss er sie wieder.

»Es ist Harms«, sagte er.

»Wie...«

»Harms.«

Klaus Grünenberg fuhr herum.

»Ich habe ihn gesehen. Kaum hatte ich den Abstellraum wieder abgeschlossen, hat er nachgeschaut, ob jemand drin war. Was sollte er in einem leeren Raum anderes wollen?«

»Harms?« fragte Grünenberg, als habe er noch nicht richtig verstanden.

»Wie können wir es beweisen? Das ist die Frage.« Fritz Pinneberger setzte die Bierflasche an.

Der Pressesprecher des Polizeipräsidenten, der hatte die technischen Möglichkeiten. »Hast du auch den Anrufbeantworter gesehen?« fragte Grünenberg.

»Meinst du, den lässt er dort stehen?« Pinneberger prostete ihm zu.

18

Der Pressesprecher fühlte sich geehrt, weil er ein Interview geben durfte und nicht, wie sonst üblich, einen Gesprächswunsch an den Polizeipräsidenten oder die anderen Leiter der Dezernate weiterzugeben hatte.

»Ich will Ihnen ganz ehrlich sagen, von Anfang an hielten wir die Geschichte für erfunden. Das wäre bei den Personalüberprüfungen doch längst aufgefallen, wenn Müller tatsächlich ein KGB-Spion gewesen wäre. Dazu ist das Netz der gegenseitigen Kontrolle zu dicht gewoben.«

»Aber es hat doch Fälle gegeben ...«, unterbrach ihn Klaus Waterman, der gebannt auf die Anzeige seines Tonbandgerätes sah. Er kam mit der ungewohnten Technik noch nicht gut zurecht.

»Ja, in Bonn oder London. Was sollte ein KGB-Spion in unserer Hansestadt herausfinden? Das wäre ja nun wirklich absurd, wenn Sie meine Meinung hören wollen.«

Harms trug einen tadellosen dunklen Anzug mit silbernem Schlips und dazu passendem Einstecktuch. *Wie schade, dass wir keine Kamera dabeihaben*, dachte Waterman. Sein Gegenüber sah aus wie ein Vertreter für besonders elegante Staubsauger.

»Würden Sie denn sagen, es war gerechtfertigt, dass die Prüfung im Fall Müller so lange gedauert hat?«

Klaus Waterman traute diesem Tonband nicht. Der weiße Zeiger schlug nur ein wenig aus, dabei hatte man ihm in der Betriebstechnik gesagt, der Zeiger müsse immer im roten Bereich ankommen.

»Ganz gewiss sogar. Wir hatten ja mehrere Indizien zu überprüfen: Das Foto sprach zunächst für sich, es ist eindeutig Müller, und es sind eindeutig zwei sowjetische Offiziere, das musste entkräftet werden, und dann der Telefonanruf, auch ein handfester Beweis, wie es den Anschein hatte ...«

»Also konnte der Journalist Grünenberg sich täuschen?«

»Er hätte sich nicht täuschen lassen dürfen. Schließlich wäre es seine Pflicht gewesen, diese angeblichen Beweise einer genauen Prüfung zu unterziehen. Und wenn Sie mich fragen, was sein größter Fehler war, er hätte sich vertrauensvoll an uns wenden können, wenn er nicht die Mittel zu dieser Überprüfung besaß. Schließlich sind wir Experten auf dem Gebiet.«

Sie saßen in dem Büro des Polizeipräsidenten, der sich einen Tag Urlaub genommen hatte. Der Schreibtisch voller Pfeifen, kein Stück Papier zu sehen, Eichenstühle für die Gemütlichkeit einer vertraulichen Konferenz, der Blick über die Wallanlagen.

Waterman nickte die ganze Zeit. Die Rechnung schien aufzugehen. »Was verstehen Sie unter vertrauensvoll?«, fragte er freundlich.

»Das ist doch die Crux unserer Mediengesellschaft.« Harms pumpte sich auf. »Journalisten meinen immer, sie seien die eigentlichen Aufklärer, Aufstöberer, sie seien im Besitz der Wahrheit. Das kann mal zutreffen. Aber die Regel ist es nicht. Wenn zwischen Politik und Journalismus, zwischen praktischer Verwaltungsarbeit und theoretischer Betrachtung ein besseres Verhältnis bestünde, dann würde vieles leichter zu regeln sein.«

Harms errötete ein wenig.

Die Atmosphäre des Raumes hatte ihn beflügelt. Gelegentlich sah sich der Pressesprecher als eigentlicher Polizeipräsident der Hansestadt.

Mit der nächsten Frage würde sich das Klima des Gespräches ändern, davon ging Waterman aus.

»Woher hatten Sie denn die Fotos, die zur Entlastung von Müller führten ...«

»Wieso ich?«, fragte Harms.

»Die Fotos, die in der Landespressekonferenz verteilt wurden, die stammten doch von Ihnen, oder habe ich das falsch gehört?«

Harms lächelte.

So hatten es die drei Journalisten verabredet, als sie das Interview mit Harms planten. Am Anfang sollte eine freundliche Atmosphäre herrschen, Harms sollte sich geschmeichelt fühlen, sollte sich ausmähren dürfen, dann sollte Waterman direkt zum Zentrum vorstoßen. Und die Zügel anziehen.

»Die Fotos stammten nicht von mir. Wie kommen Sie darauf?«

Waterman registrierte die leichte Irritation.

»Sie haben in der Landespressekonferenz ...«

»Ich war der Bote, Herr Waterman, wir Pressesprecher sind ja Boten, nicht mehr.«

»Und woher kamen die Fotos dann tatsächlich?«

Nachdem die Journalisten in Grünenbergs Wohnung erfuhren, dass der Pressesprecher Harms im Verdacht stand, die Falle aufgebaut zu haben, verfolgten sie einen bestimmten Plan. Waterman sollte mit dem Rundfunkinterview ausschließlich die Frage der Herkunft der Fotos klären. Auf keinen Fall durfte er das Telefongespräch erwähnen.

»Das entzieht sich meiner Kenntnis. Ich war ja bei der Prüfung nicht dabei.«

»Eine Ahnung?«

»Nein, leider nicht.«

Harms lächelte wieder.

»Aber die Fotos waren doch entscheidend für die Entlastung?«

»Da gebe ich Ihnen Recht. Wenn Sie meine Meinung hören wollen, wir gingen ja gleich davon aus, dass die Artikel gegen Müller auf Sand gebaut waren, deswegen waren für uns diese Beweise nur Beiwerk für die öffentlichen Augen. – Schöne Formulierung, können Sie ... ach, Sie nehmen ja auf.«

Der Pressesprecher sah auf die sich drehenden Tonbandspulen.

»Wenn die Fotos nicht aufgetaucht wären, was dann?«, fragte Waterman. Das Interview mit Harms hatte noch einen Nebeneffekt. Die drei Journalisten wollten feststellen, ob der Pressesprecher etwas von seiner Enttarnung ahnte. »Wenn der sich schon beobachtet fühlt, dann müssen wir ganz anders rangehen«, hatte Adler gesagt. Er sollte damit Recht behalten.

»Die Fotos waren ja da. Alles andere ist Spekulation, und an Spekulationen beteilige ich mich nur ungern, das überlasse ich der schreibenden Zunft.«

Nach einer halben Stunde stellte Waterman sein Gerät ab, tat sehr geschäftig, um zu kontrollieren, ob auch etwas aufgenommen worden war, packte dann das Mikrofon samt Tischständer ein. Stufe 1 ihres gemeinsamen Plans hatte geklappt.

Waterman spürte, dass Harms ihn beobachtete.

Sie schwiegen eine Zeitlang.

»Machen Sie denn gar nicht mehr beim *Stadtblatt* mit, Herr Waterman?« fragte Harms.

Es klang wie eine Drohung.

Fritz Pinneberger war nicht wohl in seiner Haut. Das knopfgroße Mikrofon übte eine seltsame Verunsicherung auf ihn aus. Das kleine Funkgerät in der hinteren Hosentasche war deutlich spürbar.

Er fuhr mit dem langsamen Beamtenaufzug. Als habe die Firma den Auftrag bekommen, den Benutzern einen möglichst lang andauernden Aufenthalt zu bieten. Die Türen schlossen sich erst nach einer halben Minute, zögernd. Die Geschwindigkeit war träge.

Es war kurz vor elf Uhr. Noch drei Minuten bis zum vereinbarten Zeitpunkt. Er würde sich beeilen müssen.

Der Pressesprecher war in seinem Büro, das hatte er Schlink überprüfen lassen.

Als sein Assistent ihn fragte, warum er seit zwei Tagen so abwesend sei, sagte Pinneberger: »Marianne macht mir Kummer. Die will sich zur Polizistin ausbilden lassen.« Er hatte Schlink schon früher von Mariannes Plänen erzählt. Dieser Erklärung klang glaubwürdig. Von seinem Einsatz als wandelndem Mikrofon sagte er nichts.

Heute erschien ihm der Flur im vierten Stock noch unfreundlicher. Die grüne Wandfarbe passte eher zu einem Leichenhaus.

Erst wollte er sich weigern, Grünenberg diesen Gefallen zu tun, aber der Journalist besaß die besseren Argumente. »Wenn du willst, dass sich in der Polizeiführung was ändert, Fritz, dann müssen Figuren wie Harms verschwinden. Wenn er diese Geschichte mit Müller angezettelt hat, muss er dafür seine Strafe bekommen.«

Der Oberkommissar betrat das Büro von Harms.

Genau elf Uhr.

»Was wollen Sie hier?«, schnauzte der Pressesprecher ihn an, »Sie waren doch neulich...«

Das Telefon klingelte.

»Harms«, sagte er laut.

Pinneberger sah aus dem Fenster. Er konnte die Kamera nicht entdecken.

Harms hörte zu, trat von einem Bein aufs andere.

Hoffentlich macht Grünenberg seine Sache gut, sonst ist alles verloren, dachte Pinneberger.

»... *wahrscheinlich in eine Affäre um das Krankenhaus verstrickt werden. Schwarze Kassen sind aufgetaucht. Sonst ist alles ruhig in der Hansestadt. SS 20.*«

Harms: »Was soll dieser Unsinn?«

Grünenberg: »Kommt Ihnen das bekannt vor?«

Der Journalist sprach am Telefon mit piepsiger Stimme. Er stand in Mammens Redaktionsstube und zeichnete das Gespräch auf.

Genau um elf Uhr hatte er es klingeln lassen.

Harms: »Wer spricht denn da?«

Grünenberg: »Der Meister der Feder. Raketenabschussrampe.«

Harms: »Kenne ich nicht.«

Grünenberg: »Doch, doch, Sie kennen SS 20. Sie waren es selbst.«

Harms: »Reden Sie keinen Unsinn, wer immer Sie sind!«

Grünenberg: »Wir haben das Tonband gefunden. Gute Arbeit.«

Es fiel dem Lokalchef schwer, seine Stimme piepsig klingen zu lassen. Er hätte sich gerne geräuspert, aber unterdrückte diesen Wunsch.

Harms: »Welches Tonband?«

Grünenberg: »Das Tonband mit der präparierten Aussage von Müller.«

Harms: »Ich verstehe gar nichts.«

Hoffentlich stand Pinneberger im Büro von Harms. Dadurch wurde verhindert, dass er einfach auflegte.

Sie hatten das Gespräch einige Male geprobt und an einzelnen Sätzen gefeilt. Grünenberg: »Das Tonband ist der Beweis. Es wird morgen veröffentlicht werden, SS 20.«

Harms: »Was wollen Sie damit erreichen? Was sagt schon ein Tonband? Wer weiß, ob es wirklich das Original ist?«

Grünenberg: »Es ist das Original. Es stammt aus Ihrer Wohnung.«

Harms: »Wer sagt das, Herr Grünenberg?«

Der Lokalchef legte auf.

»Komischer Anruf.« Harms hielt den Hörer in der Hand, »Wer war das?« fragte Pinneberger.

Inzwischen hatte er den orangefarbenen Kran entdeckt, auf dem ein Stadtwerker die Straßenlaterne reinigte.

Auch der Kameramann neben ihm trug einen orangenen Overall.

»Grünenberg, dieser Schmierfink von den *Weser- Nachrichten*. Was der sich einbildet, er könnte mich...«

Fritz Pinneberger kam ein wenig näher an den großen Schreibtisch heran.

»Er hat das Tonband, nicht wahr?«

Der Pressesprecher fuhr herum.

»Was wird hier gespielt? Woher wissen Sie... Was wollen Sie von mir?«

»Herr Harms, wir wissen alles, wir sehen alles, wir sind die Polizei. War das nicht mal ein Wahlspruch Ihrer Pressestelle? Sie wollten Grünenberg reinlegen, ihn mundtot machen.«

Der Pressesprecher schrie los: »Das geht Sie doch überhaupt nichts an. Wer sind Sie denn schon? Machen Sie, dass Sie rauskommen, Sie widerlicher Mistkerl.«

Fritz Pinneberger blieb ganz ruhig.

»Sie sollten lieber überlegen, was Sie zu Ihrer Verteidigung vorbringen können.«

»Was wollen Sie?«

»Sie haben sich selbst verraten. Sie haben den Meister der Feder erkannt, obwohl Grünenberg seine Stimme verstellt hat...«

»Dafür gibt es keine Zeugen, niemand, auch Sie wissen nicht, was hier gesprochen wurde. Da gibt mir Mantz Rückendeckung, wenn ich Ihnen eine Aussageverweigerung reindrücke.«

»Ja, die kriegen Sie bestimmt, Harms, aber die wird kaum etwas nützen.«

Der Pressesprecher wechselte die Farbe im Gesicht, mal grünlich wie die Wände im Flur, dann rötlich wie die Fahne der Hansestadt.

»Sie kommen als Zeuge nicht in Frage.«

Er brüllte jetzt.

Fritz Pinneberger setzte zum letzten Schlag an. Auch den hatten sie vorher abgesprochen.

»Dann sehen Sie doch mal hier!« Er öffnete den obersten Knopf vom Hemd. »Ich bin Mikrofonträger, alles aufgezeichnet.«

»Das wird Sie Ihren Job kosten.« Harms tobte.

Dagegen sprach Pinneberger leise: »Und wenn Sie aus dem Fenster schauen, dann blicken Sie direkt in die Linse einer Kamera. Winken Sie mal.«

Harms rannte zum Fenster.

»Wo? Wo?«

Pinneberger kam mit ein paar Schritten heran. »Die Lampenputzer sind's.«

Harms schlug mit der rechten Faust gegen die Scheibe. Das Glas zersprang.

19

Der Präsident läutete die Glocke. Sofort trat Ruhe im Hohen Haus ein.

Das Gebäude der Bürgerschaft zeigte ein Doppelgesicht: Zum Marktplatz hin ein Glas-Palast, als sei die Forderung nach Durchsicht und Einsicht in das politische Geschehen erfüllt. Dort jedoch, wo die Abgeordneten tagten, gab es nur künstliches Licht. Keine Einsicht, kein gläsernes Rathaus.

»Für eine Frage gebe ich das Wort an den Abgeordneten Will von den Grünen.« Der Präsident der Bürgerschaft eröffnete die Fragestunde.

Will: »Ich frage den Senat: Wie beurteilt der Senat die in einem Artikel des Leiters des Verfassungsschutzes Müller geäußerte Ansicht, auf den Schultern der Polizei laste die Wucht der ersten Stufe eines neuen Krieges? Gedenkt der Senat aus diesem Vorgang dienstrechtliche Konsequenzen zu ziehen?«

Der Präsident gab das Wort an den Senatsdirektor des Innern: »Der Senat hat nicht die Absicht, Meinungen von Beamten zu zensieren, welche diese in Fachzeitschriften fachlich äußern. Der Senat stellt deshalb nicht in Aussicht, dienstrechtliche Konsequenzen zu ziehen. Im Übrigen teilt der Senat die vom Verfasser gezogenen Schlussfolgerungen nicht.«

Will: »Ist der Senat nicht mit mir der Meinung, dass polizeiliche Strategien, die auf einer derartig abstrusen Verschwörungstheorie basieren, außerordentlich problematisch sind und zu Fehlreaktionen führen können?«

Senatsdirektor: »Der Senat teilt nicht die Auffassung, dass dieses Szenario etwa in der Art, dass der Beamte sich auf einem Feldherrnhügel mit heranrückenden Armeen von

Straftätern sieht, welche einen psychologisch nun ganz andersartigen Angriffskrieg führen, als das bisher bekannt ist. Sie können sicher sein, dass solche Prophetien nicht allgemeine Meinung sind.«

Will: »Ich muss einfach aus Sorge noch mal nachfragen: Sind Sie wirklich der Meinung, dass es sich hier um einen Einzelfall eines misslungen formulierenden Beamten handelt, oder ist es nicht doch so, dass dem auch ein gewisser Konsens in einem bestimmten Kreis von Beamten zugrunde liegt?«

Senatsdirektor: »Sehen wir denn den Wald vor Bäumen nicht, während wir nur die Bäume betrachten? Dies ist möglich, aber das ist keine polizeiliche Strategie, die überall in die tägliche Arbeit Eingang fände. Das ist ein Zeitschriftenartikel, wie ihn der Senat nicht gern liest, der aber sicher keinen Einfluss auf die tägliche Arbeit hat.«

Der Bürgerschaftspräsident sah keine weiteren Wortmeldungen und schloss den Punkt Eins der Tagesordnung ab.

Wer andern eine Grube gräbt
Kommentar von R. Mammen

So kann es gehen, wenn ein seit Jahren angegriffener Polizeipressesprecher zurückschlagen will. Der Mann hat sicher seine Verdienste, deswegen wollen wir ihn ehren. Und doch: Er sieht sich und die Polizei in Gefahr und will einen der größten Schreier, mein Gott, es handelt sich um unseren Redaktionsleiter Lokales, mundtot machen.

Der Plan schien genial. Ein bisschen Theaterdonner, ein paar falsche Fährten, ein wenig Sensations-Couleur und schon geht ihm der Widersacher auf den Leim. Die Reaktion war vorherzusehen.

Wer gestern seinen unfreiwilligen Auftritt in der NORDSCHAU erlebte, der weiß, mit diesem Mann ist keine Polizeiarbeit zu machen. Und wehe, wenn er nun Deckung von höherer Stelle erhalten sollte. Das wäre fatal. Denn eines darf man vermuten: Der (beinah entlarvte) Leiter des Landesamtes für Verfassungsschutz, ein bloßer Spielball für den Pressesprecher, hat kaum noch Rückhalt in der Partei. Und wenn er nicht so nahe an der Pensionsgrenze wäre, dann ... Aber das sind Gedankenspielereien.

Trotzdem: So manchem kam das Ränkespiel ganz recht. Der Mann wird als Spion entlarvt, verschwindet von dem Posten, und schon beginnt sich das Personalkarussell von neuem zu drehen. Gierige Anwärter gibt es zur Genüge.

Was den Redaktionsleiter Lokales angeht, der bis zum gestrigen Abend suspendiert war, auch er wird eine Lektion gelernt haben. So schmerzlich die war. Den Bericht über die Entlarvung des Pressesprechers durfte er nicht schreiben. Doch morgen steht sein Name wieder unter einem Artikel. Der Verlagsleiter hat grünes Licht gegeben.

Michael Adler musste sich verteidigen, obwohl er einem neuen Triumph zustrebte. Der Fernsehdirektor war neidisch und konnte es kaum verbergen. Die Kollegen saßen stumm in der Konferenz, niemand, der auch nur ein Wort sagte. Sie sahen einem Schaukampf zu.

»Das war natürlich illegal und wird seine Folgen haben, Adler, das wissen Sie selbst.« Der Fernsehdirektor siezte seinen Untergebenen. »Wo kommen wir denn da hin, wenn jeder mit versteckter Kamera arbeite würde? Das könnte Aufforderungscharakter haben. Wenn ich Ihnen keine Abmahnung gebe ...«

»Aufforderung zu was?«, fragte Adler, dem diese Rolle gefiel. Endlich hatte er bewiesen, dass er keiner von diesen beamteten Fernsehtypen war, die sich Programm und Pension ersaßen, die stets ihre Sendezeit erfüllten, ohne auch nur einmal anzuecken, die immer auf Tauchstation gingen, wenn ein Konflikt drohte.

»Jetzt stellen Sie sich dümmer als Sie sind, Adler. Wir könnten jeden Politiker reinlegen, wenn wir nur wollten ...«

»Und warum tun wir es dann nicht?« Adler lächelte selig. Ihn störte es nicht, dass die ganze Redaktion der NORDSCHAU zuhörte, sollten sie sehen, wie unterschiedlich die Positionen in der Medienwelt waren.

»Es muss Grenzen geben«, antwortete der Fernsehdirektor, »wir brauchen Grenzen der Berichterstattung ...«

»Wenn zum Beispiel Bilder von Staatsempfängen ohne Ton gesendet werden, weil die hohen Herrschaften, wenn sie nicht gerade ein vorbereitetes Statement geben, ziemlichen Quatsch reden, ist das so eine Grenze?«

Der Fernsehdirektor schüttelte den Kopf. »Sie müssen sich verteidigen. Aber Beleidigungen sind die Argumente derjenigen, die keine Argumente haben. Wer hat das nochmal gesagt?«

Seitdem die NORDSCHAU den Beitrag über den Fallensteller Harms ausgestrahlt hatte, gab es eine enorme Zuschauerreaktion. Die Wut auf alles, was mit der Polizei zu tun hatte, entlud sich.

Ein paar hundert Briefe waren am Morgen beim Sender angekommen. Der Beitrag wurde gelobt. Die Zuschauer waren auf der Seite von Adler.

»Wenn ich gestern im Haus gewesen wäre, Adler, dann wäre das so nicht gesendet worden. Darauf können Sie Gift nehmen.«

»Aber Sie waren zur ARD-Sitzung in Frankfurt. Gut gegessen?«

Michael Adler schlug zurück. Was sollte dieses Duckmäusertum? Man kann nicht mit allen Mitteln einen intriganten Polizeipressesprecher entlarven und dann im eigenen Sender kuschen.

»Also machen wir es kurz. Ich brauche die Abmahnung nicht weiter zu begründen. Wegen unjournalistischen Verhaltens und so weiter. Debatte beendet.«

Der Fernsehdirektor stand auf.

»Wir sehen uns nachher, Adler, die nächste Talkshow muss vorbereitet werden.«

»Ich weiß auch schon, wen ich einlade«, gab Adler zurück, »den Absteiger der Woche: Harms. Das wird ein Fernsehfest.«

»Nur über meine Leiche.« Der Fernsehdirektor schlug die Tür hinter sich zu.

Die Kolleginnen und Kollegen der NORDSCHAU-Redaktion klopften auf den Tisch.

Der Bürgermeister war außer sich, als er den Artikel in den Weser-Nachrichten las. Er war am Abend zuvor in der Hauptstadt gewesen, um mit Parteifreunden im Haus der Hansestadt zu feiern. Einmal jährlich gab es dort einen großen Empfang, bei dem alle Größen der Politik erschienen. Der Bürgermeister war Gastgeber. Das beliebte Regionalgericht Kohl und Pinkel wurde gereicht. Jedes Jahr die gleiche Pampe.

»Reg dich nicht auf«, sagte seine Frau, »das hat dir der Arzt verboten. Spät nach Hause kommen, getrunken hast du ja auch, und dann morgens so ein Schock. Das kann leicht zum Infarkt führen.«

»Ruhe, verdammt! Ich muss umgehend handeln.« Der Bürgermeister verließ den Frühstückstisch, auf dem sauber aufgereiht seine drei Lieblingsmarmeladen standen, dahinter die Tabletten, die der Hausarzt ihm verschrieben hatte.

Die süßen Morgengifte nannte der Bürgermeister diese Mischung.

Er wählte die Privatnummer des Innensenators. »Was willst du tun?«

Der Innensenator hatte schon gehandelt. »Harms ist weg vom Fenster. Wenn Mantz ihm Unterstützung gibt, kriegt er auch ein blaues Auge.«

»Meinst du, dass Mantz so unvorsichtig ist?« Der Bürgermeister wankte. Wenn der Polizeipräsident auch gehen musste, würde sich das auswirken. Nur noch fünf Monate bis zur nächsten Bürgerschaftswahl.

»Das kann man nicht wissen. Der hat den Harms auf den Posten gehievt. Nibelungentreue.«

»Was sagt Harms?«

»Keine Ahnung. Mit dem rede ich kein Wort mehr!« Der Innensenator räusperte sich. »Es muss alles heute über die Bühne, dann spricht am Wochenende niemand mehr drüber.«

»Denke ich auch.« Der Bürgermeister legte den Hörer auf. Er ging zurück zum Frühstückstisch.

»War wirklich ein netter Abend gestern. Der Bundeskanzler ist ein Kotzbrocken, aber er hat Ausstrahlung. Ich habe mir vorgestellt, wie er aussehen würde, wenn er zwanzig Zentimeter kleiner wäre, dann könnte man ihn glatt in den Vorgarten stellen.«

Seine Frau lachte. Sie hielt sich die Hand vor den Mund, während sie das fein bestrichene Brötchen kaute.

»Wir haben gute Chancen, noch vor der Wahl eine Finanzspritze für die Werften zu kriegen. Das wird alles rausreißen. Sonst gibt es ein Debakel.«

Der Bürgermeister war wieder obenauf. Er ließ sich durch so eine Affäre doch nicht den Tag verderben. Der Mann wird fristlos entlassen. Der Senat zeigt entschlossenes Handeln. Das gibt Pluspunkte, gar nicht mal so schlecht.

»Ist noch Tee da?«, fragte er seine Frau.

Müller hatte den Beitrag in der *NORDSCHAU* gesehen und suchte nach einer passenden Möglichkeit, sich an Harms zu rächen. Wie kam dieser Flegel dazu, ihn zu einem Komplott zu benutzen? Auch wenn der Chef des Landesamtes für Verfassungsschutz vollständig rehabilitiert wurde, irgendetwas blieb immer hängen. Die Leute würden doch vergessen, dass die ganze Affäre bloß eine Falle war, für sie hatte der Verfassungsschutzchef Dreck am Stecken.

Müller saß in seinem Auto und fuhr zur Dienststelle. Er malte sich aus, mit welchem Gegrinse er empfangen wurde. Die Bachmann würde sich die knallrot geschminkten Lippen verrenken, die Rinser kommt ins Stottern, der Herburger würde losprusten, und der Friesel bekommt einen roten Kopf.

Am meisten ärgerte ihn, dass seine eigenen Leute trotz ausgedehnter Recherchen nicht dahintergekommen waren, wie dieser Komplott eingefädelt worden war. Sie konnten nicht feststellen, aus welchen Quellen dieser Grünenberg schöpfte. Da hatte auch die Beschattung nichts erbracht. Auf einmal waren die Fotos da, die ihn entlasteten, das Tonband wurde als Beweis demontiert, und alles löste sich in Luft auf. Aber das Harms dieses Spiel spielte, konnte Müller nicht begreifen. Er hatte ihn nie für so gewieft gehalten.

Stau.

Wie jeden Morgen.

Rechtzeitig zur Sommerzeit begann die Hansestadt ihre Straßen aufzureißen, an möglichst vielen Stellen gleichzeitig. Der Anfahrtsweg zur Dienststelle dauerte doppelt so lange.

Wenigstens hatte man ihn in der Bürgerschaft vor den Angriffen der Grünen verteidigt, wenigstens das. Der Senatsdirektor soll sich ja mächtig ins Zeug gelegt haben, hatte Müller gehört. Er wollte sich das Protokoll der Bürgerschaftssitzung kommen lassen. *Ich muss diese Grünen genauer unter die Lupe nehmen, die werden mir zu frech.*

Ein Knall.

Jemand war ihm auf die Stoßstange gebrettert.

Wütend sprang Müller aus dem Auto. Er sah die blaue Limousine, sah das Nummernschild, sah den Chauffeur. Der Bürgermeister winkte aus dem Fond.

Müller drehte sich um, setzte sich in seinen Wagen. Mit dem Bürgermeister wollte er kein Wort reden, der hätte ihn am ausgestreckten Arm vertrocknen lassen.

Da lasse ich lieber die Beule auf eigene Kosten reparieren, dachte Müller.

Als er wieder anfuhr, fiel ihm die Bemerkung des Kunstsenators ein. »Wenn Sie nicht so nahe an der Pensionsgrenze wären, dann würde ich noch heute dafür plädieren, dass Sie verschwinden. Bei Ihrer Vergangenheit, alles kackbraun ...«

»Ich hoffe, ich störe Sie nicht, Herr Waterman.« Die Stimme des Berliner Redakteurs klang verschnupft. »Ich habe gerade in den dpa-Meldungen gelesen, was in der Hansestadt los ist. Ich meine, wir müssen das noch mal überdenken, ich finde, das ist jetzt Sache der Aktuellen, finden Sie nicht?«

Klaus Waterman saß am Klavier und übte Bach'sche Inventionen, als dieser Anruf kam.

»Das ist ja jetzt kein politisches Lehrstück mehr, sondern eine bloße Posse. Sowas interessiert meine Hörer ja nicht so sehr, finden Sie nicht auch?«

Waterman wusste nicht, was er entgegnen sollte. Wenn er dem Redakteur zustimmte, dann war er sein Hörfunk-Feature los, wenn er ihm widersprach, musste er damit rechnen, so schnell keine Sendung mehr machen zu dürfen.

»Ich meine, politische Intrigen, einer gegen den andern, das ist ja die Regel. Ich hatte mir erwartet, dass dieser Journalist, wie hieß er noch ...«

»Grünenberg«, ergänzte Waterman.

»Tut ja auch nichts zur Sache, dass dessen Arbeit so etwas wie ein Vorbild hätte sein können. Jemand, der hartnäckig recherchiert und dann mit einem gezielten Schuss den Leiter des Verfassungsschutzes erledigt, das hätte auch meine Hörer interessiert, ein Porträt eines engagierten, und ich betone, noch engagierten Kollegen, aber jetzt... Warum sagen Sie nichts, Herr Waterman?«

Klaus blickte auf sein Klavier, auf sein Bett.

»Schlagen Sie mir ein anderes Thema vor, darüber können wir reden. Wir sollten diese Sache jetzt fallenlassen, Herr Waterman, die ist nicht mehr von Belang. Haben Sie ein anderes Thema?«

Waterman überlegte, aufgeregt. »Ja, ich könnte mir schon etwas anderes ausdenken«, begann er zögernd, »ich habe bei der Recherche erfahren, dass dieser Müller...«

»Welcher Müller?«, fragte der Berliner Redakteur.

»Der Müller vom Verfassungsschutz, um den es die ganze Zeit geht. Dieser Mann hat früher beim Reichssicherheitshauptamt gearbeitet, er hat eine braune Vergangenheit. Der wird dann Jahre später in einem sozialdemokratischen Land Leiter einer durchaus ähnlichen Dienststelle. Das könnte doch ein Thema sein, oder?«

Klaus Waterman ging in Gedanken sein Archiv durch. Was könnte ich ihm noch vorschlagen? Jetzt war die Gelegenheit günstig, denn der Redakteur hörte ihm zu.

»Immer nur Dritte Welt und Drittes Reich, Herr Waterman, ich habe schon so viel darüber gemacht. Nichts anderes im Köcher?«

Eine Viertelstunde später entschied sich Klaus den Vertrag bei der *tageszeitung* zu unterschreiben. Die Abhängigkeit als freier Journalist war ihm dann doch zu groß.

Er würde die Hansestadt vermissen.

20

Es waren zwei Nachrichten, die an diesem Abend die kleine Runde beschäftigten. Marianne Kohlhase hatte Bratkartoffeln gemacht, Fritz Pinneberger versuchte sich an einem Salat, Karl Schlink steuerte vier Portionen gekauften Nachtisch bei. Lindow, als ältester Kollege, fühlte sich eingeladen.

»Die haben nicht mal entdeckt, dass ich das Mikrofon war«, sagte Pinneberger fröhlich. Er war den letzten Tagen mit schlechtem Gewissen ins Präsidium gegangen, weil er fürchtete, Lang würde ihn zu sich beordern.

»Ach, du warst das?«, fragte Schlink mit gespielter Überraschung, »und ich soll diesen blöden Döhler-Fall nachrecherchieren.«

»Karl, das haben wir zusammen verbockt«, erwiderte Pinneberger und teilte seinen überwürzten Salat aus. Lindow hatte das Skatblatt neben seinen Teller gelegt. Er aß mit gutem Appetit.

Marianne schenkte Bier nach. Ihre Bratkartoffeln waren kross, und erfreuten sich großen Zuspruchs.

»Ich verstehe gar nicht, dass Harms keinen Versuch gemacht hat, sich zu verteidigen«, sagte sie. »Der hätte sich doch aus der Affäre ziehen können. Mein Name ist Harms und ich weiß von nix ...«

»Es war die Zange«, erklärte Pinneberger stolz, »wir haben die Zange angesetzt, von drei Seiten gleichzeitig, da wusste er nicht mehr, wohin ausweichen.«

Lindow sah von seinem Teller auf. »Einer weniger da oben. Mal sehen, wer jetzt kommt.« Dann aß er wieder, volle Konzentration beim Nachschlag.

»Du warst nur einmal kurz im Bild.« Schlink war sauer, als er von seinem Kollegen erfuhr, dass er ihn ein paar Tage lang angelogen hatte, aber dann freute er sich mit ihm über den gelungenen Coup. »Harms hätte dich reinreißen können ...«

»Damit hab' ich gerechnet«, sagte Pinneberger.

Marianne hatte eine blaue Tischdecke aufgelegt, sogar ein kleiner Blumenstrauß stand in der Mitte. »Wenn Schlink uns zum ersten Mal besucht, dann soll er einen guten Eindruck bekommen.« Pinneberger war der Eindruck egal. Wichtiger war ihm, dass er sich mit diesem Kollegen gut verstand, wie das mit Joe Davids der Fall gewesen war.

»Am Wochenende geht's ums Ganze«, schwärmte Lindow, »Werder kann Vize-Meister werden. Dann gebe ich eine große Sause in meinem Garten, ihr seid alle eingeladen. Helga macht Kartoffelsalat, und ich koche die Würstchen.«

»Nicht gerade besonders viel Arbeit, Wolfgang.« Marianne musste diese Spitze loswerden, schließlich hatte Pinneberger jeden gebeten, etwas zum Essen beizutragen.

»Da muss man genau aufpassen, Marianne, geplatzte Würstchen sehen nämlich hässlich aus.« Lindow nickte zur Bestätigung mit dem Kopf. »Habt ihr gehört, dass die Leute, die sie am 6. Mai bei der Rekrutenvereidigung am Weserstadion geschnappt haben, den Demonstrationseinsatz bezahlen sollen?«

Zwei Jahre war die Schlacht am Weserstadion her, jetzt hatten die Gerichte die Zahlungsbefehle geschickt. 15 Personen sollten je 160.000 DM zahlen.

»Das kann doch nicht sein.« Marianne fuchtelte mit der Gabel in der Luft. »Für eine provozierte Schlägerei sollen die auch noch zahlen?«

»Steht morgen in der Zeitung«, erwiderte Lindow, »schwarz auf weiß. Ich habe es heute im Präsidium gehört. Die Stimmen unserer Kollegen waren eindeutig: Endlich kriegen die was auf die Mütze, immer noch nicht genug, sollten eingesperrt werden, Rübe runter ... Dabei haben sie niemand einer Straftat überführen können. Das ist ja der eigentliche Witz dabei!«

Fritz Pinneberger sah Marianne an: »Deine zukünftigen Freunde und Helfer.«

»Wieso?« fragte Lindow, der sich einen langen Zug aus dem Bierglas genehmigte.

»Meine Marianne will zur Polizei.«

»Und warum nicht?« Karl Schlink stieg auf das Thema ein.

»Ich kann sie nicht abhalten«, antwortete Pinneberger.

»Fritz will jetzt lieber Journalist werden, nachdem er sich so einen glänzenden Einstieg verschafft hat, als Mikrofonständer im Fronteinsatz.« Marianne lachte.

»Hör bloß auf, Journalist, das wäre das Letzte. Das ist ein Luftgewerbe, Seifenblasen, ne ne, so was mach' ich nicht. Da halt' ich mich lieber an Leichen. Die sind kalt, aber real.«

»Ich hatte ja schon selbst kein Vertrauen mehr zu diesem Mann, das müssen Sie mir glauben. Ich hätte zwar nicht gedacht, dass er zu so was fähig ist, aber man kann sich täuschen. Ich habe alle nötigen Schritte eingeleitet, ab sofort ist der Posten vakant. Wie wär's mit Ihnen, Herr Grünenberg?«

Der Lokalchef traute seinen Ohren nicht. Soeben hatte der Polizeipräsident ihm die Stelle seines Pressesprechers Harms angeboten.

»Sie sind ein gewissenhafter Journalist. Gut, Sie sind hereingefallen auf diese plumpen Anschuldigungen, aber das wäre anderen auch so gegangen, dennoch halte ich Sie für einen ausgezeichneten Stilisten, und für meine Reden ... Ich meine, Sie würden bestimmt nicht viel schlechter bezahlt, und außerdem winkt die Pension, auch nicht zu verachten.«

Der hat Kreide gefressen, dachte Klaus Grünenberg, der sich diesen plötzlichen Sinneswandel nicht erklären konnte. All die Jahre war er einer der schärfsten Gegner von Mantz gewesen, hatte sehr oft Probleme in der Führung der Polizei offengelegt, und jetzt sollte er umschwenken.

»Die Polizei braucht unbequeme Leute wie Sie. Habe ich nicht recht, Herr Grünenberg? Sie haben doch immer gesagt, wir seien mit unseren Methoden festgefahren. Bitte sehr, kommen Sie zu uns, Sie können uns Beine machen.«

Polizeipräsident Mantz nahm eine der klobigen Meerschaumpfeifen und stopfte sie genüsslich, ohne Grünenberg aus den Augen zu lassen.

Es war überhaupt kein Problem gewesen, einen Interviewtermin mit Mantz zu bekommen. Früher hatte das manchmal mehr als eine Woche gedauert, meist durfte Grünenberg erst anfragen, wenn die Situation schon bereinigt war. Der Verlagsleiter gab dem Lokalchef mit auf den Weg, er solle keinen Rachefeldzug führen, er könne verstehen, dass seine Wunden noch schmerzen, aber es sei kein Grund, nun den Polizeipräsidenten zu beschimpfen.

Grünenberg hielt sich nicht an diese Anweisung. »Harms war doch Ihr Mann, Sie haben ihn auf diese Stelle geholt, ein verdientes Parteimitglied. Er hat Ihnen die meisten Reden geschrieben, hat Sie verteidigt, wo es nur ging, und jetzt lassen Sie ihn fallen wie eine tote Katze. Das verstehe ich nicht.«

»Ich habe doch schon gesagt, mir war Harms auch etwas seltsam vorgekommen. Ich kann gar nicht sagen, warum, aber er ging seine eigenen Wege.«

»Mussten Sie ihn denn zurückpfeifen?«

»Das dann doch nicht, aber seine Extratouren fielen mir auf…«

»Welche Extratouren?« hakte Grünenberg nach.

Der Polizeipräsident setzte mit einem kleinen Flammenwerfer, in Form einer Damenpistole mit eingebautem Feuerzeug, seinen Meerschaumkolben in Brand. Mantz ließ die Frage unbeantwortet, blies einige Wolken in die Luft.

Klaus Grünenberg hatte nach der Aufdeckung des Komplotts überlegt, ob er nicht von seinem Posten als Lokalchef zurücktreten sollte. Lieber wieder einfacher Befehlsempfänger sein. Oder, und das wäre ihm noch lieber, wenn sein Bestseller erschienen war, als freier Autor arbeiten. Ohne Dienstherren und Vorgesetzte. Nur die Tatsache, dass sein Stellvertreter Kummer sofort seine Stelle einnehmen und ihn dann als Fußabtreter benutzen würde, hielt ihn davon ab.

»Sie haben noch gar nichts zu meinem Angebot gesagt«, fing Mantz von neuem an.

»Meinten Sie das ernst?«

»Sonst hätte ich es nicht gemacht.« Die Wolken aus der Pfeife wurden größer.

Klaus Grünenberg lachte. »Ich dachte, es sei ein Ablenkungsmanöver. Damit ich aus dem Fragen komme, was?«

»Das können Sie halten, wie Sie wollen, Herr Grünenberg. Wir kennen uns lange genug, als dass ich hier Rätselspiele betreiben wollte.«

»Warum sollte ich meinen Posten bei den *Weser-Nachrichten* verlassen?«

»Um endlich mal was zu bewirken. Sehen Sie, schreiben und kritisieren, vom grünen Tisch aus, wunderbar, aber wird es auf die Dauer nicht ein wenig langweilig? Sie haben doch kaum Einfluss und dabei sind Sie schon Ressortchef des Lokalen. Wenn Sie bei mir als Pressesprecher arbeiten, können Sie Einfluss auf das Geschehen nehmen. Fragen Sie Harms...«

Jetzt war Klaus Grünenberg sicher, welches Spiel der Polizeipräsident mit ihm spielen wollte. Umarmung, völlige Umarmung, hieß die Methode. So hatte die Partei schon einige der schärfsten Kritiker, gerade aus dem Lager ihrer Jugend- und Studentenorganisationen, zum Verstummen gebracht.

»Glauben Sie, ich wäre loyal?« fragte er.

Der Polizeipräsident legte seine Pfeife zur Seite. »Das müssten Sie schon. Loyalität wird verlangt, im Gegenzug für eine Menge Einfluss. Überlegen Sie sich's, Sie müssen nicht gleich heute zusagen.«

Als Grünenberg das geräumige Büro des Polizeipräsidenten verließ, glaubte er, die letzte halbe Stunde geträumt zu haben. Wachtraum oder Albtraum?

NACHWORT

Wie auch in den früheren Romanen meiner Bremen-Polizei-Serie habe ich wieder ein paar Dokumente eingefügt, deren Quelle ich den Lesern nicht vorenthalten möchte. Der Aufsatz, den der Verfassungsschutz-Chef Müller geschrieben hat, stammt von dem Bremer Landeskriminalrat Dr. Herbert Schäfer. Er wurde in der Zeitschrift *Kriminalistik* im Jahre 1982 abgedruckt. Auch das parlamentarische Nachspiel, in Kapitel 19, hat so stattgefunden. Ich habe die Redepassagen nur leicht gekürzt.

Das Gedicht *generalansage* stammt von Rüdiger Kremer, auch dies wurde gekürzt (tut mir leid). Das im gleichen Kapitel zitierte Gedicht stammt von einem unbekannten Verfasser und wurde auf einem Flugblatt der Arbeiterradio-Bewegung 1928 zuerst veröffentlicht.

Die Vorgänge um die falschen Hitlertagebücher, die im *STERN* präsentiert wurden, werden manchen noch in Erinnerung sein. Der kurze Auszug aus dem pompösen Editorial bei der Erstveröffentlichung konnte nicht besser formuliert werden.

Beim Wiederlesen des Romans *Die Falle* merke ich, wie viel darin von den »blutigen Nasen« auftaucht, die ich mir bei öffentlich-rechtlichen Anstalten eingefangen habe: kaum verbrämte Zensur, Eingriffe in meine Manuskripte, Ablehnungen von Projekten, Zurückweisungen. Allesamt narzisstische Kränkungen, wie ein Psychotherapeut das nannte.

Die Tatsache, dass ich beim Schreiben des Romans schon nicht mehr für die Medienanstalten arbeitete, war für mich wie eine Befreiung. Wollte ich dadurch etwas von den Kränkungen verarbeiten?

Die Falle spielt 1983, dem Jahr der angeblichen Hitler-Tagebücher. Der Skandal zeigte eines: In der Medienwelt herrscht Scheckbuchjournalismus. Es geht um Auflagenzahlen und Rendite, Quote, Quote, Quote. Die Idee der vierten Macht im Staate ist längst verraten. Parallel zu diesem Roman recherchierte ich seit 1985 bei der Stasi für meinen Roman über den westdeutschen Verfassungsschutz, um an die drei in die DDR abgewanderten Geheimdienstler zu gelangen: Heinz Felfe, BND, ein Doppelagent, Günther Guillaume, der »Kanzlerspion« unter Willy Brandt, und Hans-Joachim Tietjen, der beim Kölner Verfassungsschutz als Chef der Gegenspionage arbeitete. *Die Falle* spiegelt einiges von den Recherche-Vorarbeiten zu dem Roman *Zielperson unbekannt* wider. (Wahrscheinlich ist die Idee, dass der Chef des Landesamtes für Verfassungsschutz auch ein Zuträger des KGBs sein könnte, damals schon entstanden.)

Jürgen Alberts, Las Palmas, März 2024